ちくま文庫

マリアさま

いしいしんじ

筑摩書房

マリアさま＊もくじ

マリアさま

犬のたましい

私の飼主は牛乳屋の婆さんです。店先にすわってビーフジャーキーをなめ、味がしなくなったら投げてよこす。まったく暇な婆さんで、ター坊ター坊（私のこと）、今度湯河原へ行こうねえ、犬の電車賃いくらかしら、などと、日がな繰りごとをつづけています。

店先には、散歩途中の犬たちがジャーキーほしさによく顔をだします。彼らとは、公園でなければ普通に話ができました。われわれは言葉なんてものを使いません。においや気配で、全部わかってしまうのです。今日は天気が悪いので早く寝たい。ゆうべ食ったエビのせいで腹が張って困る、などなど、どうでもいいことをいうとすぐ尻を向けてしまう。そしてまた飼主に引かれ散歩へ戻っていく。

私だって散歩にはいきます。朝夕それぞれ一回ずつ。婆さんは足腰が弱く、歩調も雪山をいくようにのろいですが、それでも十年このかた一日も欠かさないのだから、あっぱれといってよろしい。もし私が人間ならこういうのを連れ合いにほしい。ただ、公園への散歩が心躍るものかというと、それは違いました。ええ、まったく違っていました。

あの公園なる場所が、われわれ犬にとってどれほどひどいところか、想像されたことはないでしょう。むろん外出は楽しい。なわばりを検分してまわるのが嫌いな犬などこの世にはいません。ただ、決定的に問題なのは、自然の犬は本来、自分のなわばりを他の犬と共有したりしない、ということです。

正門が見えるころ、私の頭はもう、どうにかなりそうだ。よその犬たちの、新鮮な小便のにおい、食物やシャンプー、血やよだれのにおい、その他いろんなものがどっと押しよせてくる。石段をくだり、石塔の根で右足をあげます（私はテリアの雄）。そこにしたくもないのにしてしまう。他の犬も、みな歯をくいしばり小便をしている。彼らだけじゃない、これまで公園に通った何万匹という犬のたしかな残り香が、そこかしこに染みついていて、こっちだ、ほら、こっちだよ、と体の奥に直接ささやきかけてくる。犬の鼻には亡霊の、死者の声がわかるのです。

ところで、通常のかみ合いなら野犬同士だってやります。なわばりを荒らされたり、獲物を横取りされたりしたときなんかに。ルールを破ったほうは、かまれる前からもう「ああ、かまれるな」とわかっている。かむほうも、相手になわばりの位置を示すためにかむのです。自然の犬同士によるかみ合いは、つまり犬の会話の延長線上にあります。

われわれの、公園でのかみ合いはまるで違った。幽霊の声に誘われるかのように相手に近づき、がぶり！　ただかむ。ひたすらかみ合う。まるで相手と自分との境目を崩すように。かみついた途端、自分はもう犬でないような気がします。ええ、おそらく犬ではないのでしょう。なんだかわからない幽霊といっしょになって、真っ黒い公園で転がりまわる灰色の毛皮にすぎないのだとおもいます。

公園ではここ数年、あまり頻繁にかみ合いが起こらなくなりました。引き綱と、もちろん飼主のおかげもありますが、われわれ飼い犬のほうでも、いつのまにかルールが決まっていったのです。公園を右周回する犬の数と左周回の数を、ほぼ同程度に保つ。このバランスを保ちつづける。こんな不自然なルールで、かみ合いを避けているのだから、山犬などからすれば、まったく笑止千万なことでしょう。ただ、われわれには、正気を保つためそんなものにでもすがるしかなかった。それに、ぐるぐると右まわりに歩きながら、近くを過ぎる犬と目線を交わし合うとき、飼い犬である自分のなかにも、わずかながら「犬のたましい」とでもいうものが、残っているような気になれるのです。

婆さんが寝込みました。町会長がきて入院の手続きをします。私の世話は向かいの理髪店に任されました。この若い店主がひどい男だった。乱暴というのではありません。犬を恐れているのです。その上やたら力が強く、散歩のときにはぎゅうぎゅう首を絞められ、行程ずっと駆け足です。私は早く婆さんにもどってもらいたかった。店主は自転車まで使いました。私もこの世にうまれ、今年で十二年です。けして若いとはいえないのです。

駆け足の散歩が一週間ほどつづいた頃、理髪店の前でへたばっていると、おおきな紀州犬、本屋のクロが、小学生を連れやってきました。私の耳元に鼻をよせ、ター坊、気がついてるか、といいました。公園の感じがなんだかおかしい。私は重い首をあげます。

「でかいマンションができたろう。新参のやつらが急に増えた。やつらでたらめだ。右へまわったり、左へいったり」

私はいいました。

「教えてやればいいのに」

「それが変なんだ。やつら、鼻も耳も、おかしいんじゃないかとおもう。なんにも伝わらないんだよ。犬ってより、飼い主の頭に近いみたいだ。見てるとぞっとするんだ」

夕刻、理髪店の自転車に引きずられて公園へ向かいます（引き綱は前のかごに縛られてある）。駆けながら横目で見ると、なるほど公園に見かけない犬が大勢いました。どれも作り物みたいに清潔で、無表情に飼い主の顔をながめています。理髪店主は気まぐれに自転車を止め、私から三歩ほど離れてたばこをふかしはじめました。私はめまいをこらえながら芝生のフェンスをかぎます。真新しい小便のあとがいくつも残っている。驚いたことに、どれもまったく無臭でした。犬の、というより生き物につきもののにおいが、一切まるでないのです。それは幽霊の残り香よりいやな感じでした。がたん、と自転車が押され首が絞まります。私は駆け出しました。いつもよりいっそう早く、この不吉な場所から逃げ出したい、そうこころから願いながら。新参の犬たちがときおり黒い目玉をこちらへ向けました。まるでこの世にあいた無数の穴みたいでした。

婆さんが亡くなったのは、黒服の人々がぞろぞろ牛乳屋に集まりだしたのでわかりました。白黒の幕が引かれます。まるで婆さんの顔じゃないみたいな婆さんの写真。色とりどりの果物は、新鮮なはずなのに、古めいた臭気を放っています。深夜に牛乳屋の二階で何度か怒号が響きました。婆さんはなんでも看護師の手落ちで命を落としたらしい。

葬儀が終わっても、私はずっと理髪店につながれたままでした。散歩もなしで、糞尿は朝になるときれいに掃除されてありました。散歩途中の犬たちが立ち寄ることもなく、そうして十日ばかり過ぎたでしょうか。

ある朝、奇妙な気配を感じふりむくと、理髪店の店主がおずおずと唇をゆがめ立っていました。私の首輪に手を伸ばし、留め金をはずします。ほい、ほい、と尻を叩かれ、朝日のなかへとぼとぼ歩きだす。私は突然、飼い犬でなくなったわけです。足は自然に、いきなり自由にされ、私はどこへいったらよいか、見当もつきません。足は自然に、あのいやな公園のほうに向いています。近づくにつれ、おや、とおもった。ひさしぶりの公園から、あのひどいにおいが漂ってこない。そもそも犬の気配がしないのです。

正門をくぐり、石塔のあいだに立つ。軽装の人々が胸を張って歩いています。朝の散歩なのです。彼らの手に長い引き綱。その先には何十匹もの清潔な犬たち。

私はぞっとしました。犬も飼い主も、全員が公園を、左周回に進んでいたのです。整然とした足取りに、まったく迷いが見られません。高級そうな犬、普通の犬。巨体の犬、毛玉のような犬。すべて、どこを見ているかわからない目つきで、左へ、左へと。彼らはときどき立ち止まって小便をします。まるで工場のラインに乗っているような正確さで、どうしてこんな風にできるのか、生身の犬である私には、理解ができませんでした。本屋のクロがやってきます。彼も左向きにひたすら足を運び、前の犬がしたその場所に、わずかな小便を垂らしました。私は吐き気をこらえ公園を離れました。クリーニング屋の看板の前で滝のような小便をぶちまけました。

それから何ヶ月も街をうろつきました。肉屋のウインドウに映った自分の姿は、使い古したモップに見えました。とある夕方、国道を渡っているとき、はっと頭をあげました。くんくんと鼻を使う。まちがいない、婆さんのにおいだ。私は駆け出します。住宅地を抜け、川を越えて。懐かしいにおいが体の奥に響きます。こっちだ、ほら、こっちだよ！　婆さんのにおいはどんどん強くなっていく。焦げたような臭気がそれに混じる。

やがて私は門をくぐり、静かに歩調を落としました。上空をトビが舞っています。はじめて訪れた寺でしたが、婆さんの墓はすぐにわかりました。日に照らされ石のようになったビーフジャーキーが供えられてあったのです。墓石はなく、細長い板が立てられてあります。婆さんのにおいが土の下からします。

婆さんは何もいいません。でも私は犬ですから、言葉などいらない。においでじゅうぶんです。板の前に寝ころびました。ビーフジャーキーにはさすがに手をつけません。

うつらうつらとしかけ、ばしっ！　と頭をはたかれました。跳びおきると、けっ、けけっ、と耳障りな声が真上から響きました。

茶色い鳥は五羽に増えて、おそろしく低い場所を急旋回していました。私は額を流れる血のにおいに気づきました。視界がぼやけてきます。傷は相当深いらしい。トビはまた舞い降りてきて、私の背中を激しく突きました。痛い。また別のが、今度は右肩をえぐります。痛い痛い。五羽のトビは次々と私に飛びつき、その鋭いくちばしで肉を削っていきます。私は動きません。婆さんの墓の前は私が守る。ぐるぐるとうなり、飛来するトビどもに狙いを定めます。けけっ、けけっ！　トビが一匹、背後から来ました。私は横に飛び、鳥の左ももにがぶりとかみつきました。

トビは甲高く叫び、私の顔をかぎ爪でひっかきまわす。でも離しません。四羽のトビが背中に乗って、猛然と私をついばみます。私は歯ぐきにいっそう力を込め、婆さんの墓を振り向きました。婆さんはやはり何もいいません。でも、言葉はいらない。においだけでじゅうぶんです。私は犬なのですから。

動かなくなったトビをぷいと吐きすて、私は再び身構えました。ばさばさとトビたちがはばたく気配がします。私は、もう見えない目でにらみつける。そして、おいぼれ犬のたましいを込めた吠え声を、息のつづく限りそちらのほうへおもいきり浴びせかけてやる。

とってください

本日は、祖父、晴臣をしのぶ会にお集まりいただき、まことにありがとうございます。孫の新子と申します。祖母があんなふうになっちゃってるので、わたしからみなさんへ、祖父の思い出みたいなものを話すことになりましたが、わたしが祖父といっしょに住んだのは十八年で、そもそも生まれてからまだ二十三年です。ここにいらっしゃるみなさんのほうが、祖父について、ほんとうはたくさんのことをご存じですよね。

わたしにとって祖父は、いつもなにか書いているひとでした。穏やかで、背が高くて、ちょっとしたいたずらが好きで、ひいき目を差し引いてもすてきなおじいちゃんでした。わたしのうしろのこの大きな写真のおじいちゃんは、おじいちゃんな感じが、とってもよく出ています。銀髪をなでつけ、縁なしメガネで、月桂樹のマークの白い半袖シャツを着て。写真はアップですが、ほんとうは、庭の枇杷の木の下の、いつものベンチにすわってます。足をしょっちゅう組み直すのが癖で、まるで長すぎて処置に困るとでもいいたげでした。これは去年の夏、鎌倉の家で撮ったのです。

祖父は一九二〇年京都でうまれ、三歳のとき一家で渡英し、ロンドン南西部の、日本からの駐在員が多く住むマートン地区に落ちつきました。この地域には日本でもおなじみ、またのちのちまで祖父に影響をあたえた有名な場所があります。オールイングランド・ローンテニス・アンド・クローケー・クラブ、通称「ウィンブルドン・テニス・クラブ」。

祖父は早くも小学生でテニスを見はじめていました。クラブは地元の子どもにたいへん寛容で、礼儀正しくしていればいつもただで入れてもらえたそうです。当時は「フランス四銃士」全盛の時代で、祖父の級友たちはみなイギリス選手のふがいなさにじりじりしていましたが、級友のひとりが、テニスってもともとフランス語だからな、とつぶやいたとき、世界の色がちがってみえた、と祖父は笑っていました。もともとフランスで発展した競技の、球を相手に打ちこむときのかけ声、Tenez！がテニスの語源です。Tenezは、わたしは祖父にいわれて調べたのですが、動詞Tenirの命令形、しかも丁寧ないいかた。相手に「とってください！」と呼びかける声が、じつはテニスの大本なのです。

十五歳になった祖父は地元でも知られたテニス愛好少年で、そうなるのが当然というように、ボールボーイの選抜試験に合格しました。大会前、サットン地区の訓練所で、必要な知識や身のこなしを習うのですが、祖父の素質はその時点でもうずばぬけていました。転がる球に駆けより受けとめるタイミング、選手や審判に投げ返す速さ、コントロール、そして笑み。ボールのほうからも、ふしぎと祖父の近くに集まってくるようでした。うちによく遊びに来られるヘンマンさんは当時の祖父の様子を、コートでいちばんボールに好かれてたやつ、と表現しましたが、これはこの通りの見出しで、地元ロンドンの新聞に写真付きで紹介記事がでたのです。「ボールに愛された少年」と。直立し屈む、祖父の姿は有名選手たちと並び、センターコートの名物となりました。事実その選手たちから、「ハリーをボールボーイに」という指名も相次いだといいます。のちに月桂樹のマークのブランドを設立する、当時最強だった選手フレッド・ペリーも、そのひとりだったかもしれません。祖父の古いアルバムにふたりで撮った、サインつきの写真が残っていますから。

うけては、かえす、うけては、かえす。テニスのこのリズムのなかで、はじめて生きた心地がした、と祖父は、散歩中よく漏らしていました。ペースが速まったり、テンポが急におちることはあっても、テニスがつづいているかぎり、うけては、かえす、このリズムが消えてしまうことはけしてない。テニスは呼吸する生き物だと、祖父は選手たちのうしろ、あるいは真横で感じていたそうです。そしてそのコートに、最初のボールを「とってください！」と投げいれ、ゲームからこぼれおちた球をすくい、またコートにかえすのが、自分たちの仕事だと。うけては、かえす、うけては、かえす、ボールボーイをつとめた三年間で、祖父のからだにこのリズムがしみつき広がっていきました。そして一生途絶えなかったのだと思います。先日も、わたしの心臓はグラウンドストロークのリズムでうってますからね、と真顔で医師にいいたてていたくらいです。

後輩に役目を譲った祖父は、オックスフォードに進学し、イギリスの中世文学を専攻しました。チョーサーの秘められた頭韻に関する論文で、修士号をとろうというとき、同地区に住む日本人家族のもとに、いっせいに帰国命令が届きました。翌一九四一年、昭和十六年の暮れ、日本政府は東南アジアのイギリス領植民地を急襲します。

戦争中、祖父がどこでどのような活動をしていたか、それはわたしにとっても薄い闇に包まれているのですが、祖父の口が重かったわけではないです。わたしは、なにをどうきけばいいのか、わからなかったのです。朝夕の散歩のとき、イギリスにいる友人たちを「ジャングルでいかにうまく殺すか」計画をたてろと命じられた自分は、「そのとき少しだけ、けれども徹底的に狂った」と、祖父は前を向いたままいっていました。それだけでなく、同僚のみなさんはよくご存じの通り、歩兵師団について中国の戦線にいたこともあります。当時一緒だった石川さんに、以前うちの庭でうかがった話をよくおぼえています。銃声のとびから戦場で、祖父はふしぎなくらい銃弾に当たらなかった。それどころか、手榴弾が投げ込まれたら、自分から飛びついてタイミングをはかり、一、二、三、と数えてから高々と頭上に放りあげた。放物線のまさに頂点、友軍にも敵軍にも、地元の中国人にも影響がもっとも少ない一点で、手榴弾はつぎつぎに炸裂しました。まるで花火でした。今日は中国からもおおぜい祖父に会いに来てくださっています。うけては、かえす、うけては、かえす、のあのリズムは、戦争中であっても、祖父の体内で鳴り響いていたのではないでしょうか。撃たれたら、撃ちかえせ、撃たれたら、撃ちかえせ、という、周囲に渦巻く耳やかましい大号令の陰でひそやかに。

終戦の時は仏領インドシナにいました。しばらく現地にとどまり、ベトナム共産党に手をかして、半島から「腹ぺこのワニども」、フランス進駐軍を追い出す手伝いをしていたらしいと、石川さんがきのう教えてくださいましたが、祖父の口からきいた覚えはありません。その後、日本とイギリスを行き来する生活がつづきました。わたしが好きなのはいつか祖母にきいたエピソードです。縫製工場のラインでボタンかがりを専門にしていた祖母の目の前に、ひらりと白い鳩が舞いおりました。ハッとしてうけとめると、それは鳩のかたちに折った紙飛行機でした。祖母は紙を開いて文面を読み、昼休みに指定された場所へ出向きました。朝の視察で顔をみせたきざな背広の男がにやにや笑って立っています。祖母は紙を突き返し、こんな内容のことを、紙飛行機なんかで送ってくる人は信用できない、とびしゃりといいました。送ったんじゃありません、祖父はやわらかな笑顔でこたえました。勝手に、とんでいってしまったんです、わたしのこころと同じように、あなたのもとへ。三ヶ月後ふたりは、祖母の実家に近い、鎌倉の鶴岡八幡宮で結婚式をあげます。

うけては、かえす、うけては、かえす。

輸入商だったとか、外務省の顧問だったとか、いろいろな経歴をあとで知らされましたが、わたしの知っている祖父は、鎌倉の家にこもって、おりふしに、イギリスの気に入った小説を日本語に訳し、また逆に、日本語の小説を英訳するのがたのしみな、ごくおだやかな紳士でした。ゆったりとした歩調で浜辺や谷（やつ）の石段をたどりながら、祖父の目がなにを見、頭でなにがまわっているか、おさないわたしには、見当もつきませんでした。もちろん、わたしの両親をまきこんだあのひどい事故について、考えないことはなかったでしょうけれど、当事者のわたしに対してさえ、そらぞらしく勇気づけたり、またなぐさめたり、過去をふりかえるような気配をにおわせたことは、一度としてありません。よくもわるくも、いま、目の前のことのみに生きる、転がってきたボールをうけ、正確にかえす、そのことを生きてきた人だったのではと思います。五歳の夏からほぼ毎日、あのひょろ長い足の横について歩いてきましたが、わたしは祖父の横顔をみあげ、しょっちゅう、こんな風にたずねたものです、ねえおじいちゃん、きょうはいったい、どこの郵便局からだす？　七里ガ浜？　浄明寺？　それとも雪ノ下？

手紙、そう、手紙！　みなさんこそよくご存じですね！　祖父はとにかく、手紙の人でした。イギリスはもちろん、インド、アメリカ、中国にベトナム、毎日世界じゅうの国から手紙を受けとっては、翌日には、手短だけれども人柄のにじんだ返信を、郵便局から出していました。切手の図柄も相手に合わせて選んでいました。訳した小説を、長く会っていない知人に送ることもあれば、見知らぬ人からある日、分厚い封筒を受けとることもありました。うけては、かえす、うけては、かえす、そのリズムは一定でした。どんな不規則なバウンドも、遠く離れたボールも、祖父がみすみす見逃すなんてことは、一度としてありませんでした。そうしてその返信は、どれも相手のもとへ、きっとちょうどいいタイミングで届いていたのでしょう。だからこそこうして、お金も名声もない、長く鎌倉にひっこんじゃったおじいちゃんみたいなひとの追悼式に、何千人ものひとが来てくださったんじゃないでしょうか。最近では、東北の被災地にいる方々とも親しく文通していたようです。大船渡の牧師さんや、陸前高田の小学生たちから届いた手紙の束が、祖父の机に載っていました。心臓発作をおこしたとき、祖父は滑川の河原にしゃがみこんだところを見つかりましたが、右手には、根がついた、みたことないような大きさの四つ葉のクローバーが握られていました。

祖父は病室で苦笑しながら、あまりに嬉しくて、心臓のストロークが乱れたんだよ、とわたしにいいました。祖父のいいつけでクローバーは鉢に植え、陸前高田の小学校に送りました。

おしまいに、祖父から渡された最後の手紙を読もうと思います。目を通してみて、これは、みなさんにもあてて書かれた手紙なのだと、わたしにはわかりました。

新子へ。ありがとう。集まってくれたみなさんにも、こころからのお礼をお伝えしてください。ぼくはこの世から、元気に、あの真っ白いテニスボールのように高々とはねて、そうしてそっちからはみえなくなります。行き先は……知っているような……知らないような……。けれど、遠いむこうで待ちうけ、うけとめてくれるのが、なんだかこの自分であるような、なんだかふしぎなきもちもしているんだ。晴臣

わたしさっき、「最後の手紙」といったけれど、正しくない、といま思いなおしました。きっと祖父は、これからも、うけては、かえす、うけては、かえす、をえんえんつづけていくはずです。九十一歳まで生きましたが、祖父はその年でも、そしてこれからも、永遠のボールボーイなんだとわたしは思います。Tenez！「とってください！」、わたしへ祖母へ、みなさんへ、祖父はあの晴れやかな声を送りつづけてくれ

るでしょう。ご列席のみなさん、今日は、おじいちゃんにこころからのボールをかえしてくださって、ほんとうにありがとうございました。

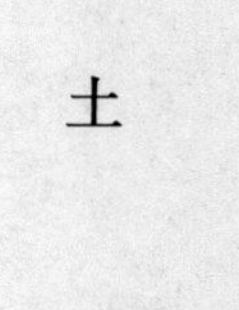

ロンドンの西側、高級住宅地として知られるノッティングヒルにある、ナイルズの家をはじめて訪れたのは、息がまだ白く残る三月の朝だった。ナイルズとは、中学二年のとき一家でこちらへ移り住んでからだから、およそ五年のつきあいになる。高校三年のとき、ダブルスのパートナーとして、ふたりで地区大会の準決勝まですすんだ。六フィート三インチの長身がコートをのてのて走り回るさまは「キリン」とあだ名されたけれど、のてのて走っているようで反射神経がするどく、その上サイズが大きいから、どんなトス、どんなロブにでもやすやす手がとどいてしまう。そんなナイルズが重病で死にかけていると、パートタイムで働いている日本料理屋で知り合いからきかされた。

白い小舟のような、角張ったうちだった。ドアベルを二度押し、ポーチの下で待っていると、三十秒ほど経ってがたりとクリーム色の戸がひらいた。指でつらぬけそうなくらいすきとおった頬の少年が顔をだし、むこうはこっちの顔をみおぼえている様子で、軽くあごをしゃくり、なかへはいるよううながした。

大きなガラス窓から陽がたっぷりとそそぎこむ板床の部屋で、ベッドに背をおこし、ナイルズは身をもてあまし気味にすわっていた。ぼくの来訪は思いもよらなかったらしく、額にフラットサーブをうけたような表情を浮かべたあと、すぐに笑みをつくり、腕をまっすぐにさしのばし、こちらの手をつつみこんでしまいそうな握手をかわした。多少痩せてはいるものの、重病で死にかけているようにはみえず、ダブルスパートナーの気安さでそのように率直にいうと、低くくぐもったロンドン訛りで、

「ずいぶんもちなおしたんだ」

と枕にもたれたままこたえた。ごほり、ごほり、と濁った咳をティッシュペーパーでうけ、いいかい、と目線でたずね、こちらがうなずくとてのひらの上で紙をひらいてみせた。溶けたチョコレートのような粒々がそこにあった。

「土だよ」

ナイルズは素っ気なくいった。

「からだからどんどん土がわいてくるんだ。ひどいときには、かさっかさに乾いた砂があふれでて、体重はいまの半分くらいしかなかった。からだの底に、土や石ころだけのだだっぴろい原野が広がってるイメージだな。多少おしめりがあれば今日みたいな泥、日照りがつづけばからからの砂」

あいかわらず、ロンドン育ちのもの特有の、まるで他人事みたいな話しぶりだけど、この日ばかりはそのおかげで、目の前の異様な病状について、なんとか冷静にのみこむことができた。

病が襲ったのは半年前の秋、郊外にある親戚の屋敷で、温室に案内されたあと、夕食時に最初の発作がきた。最初はムール貝の身に砂が混じっていたのかとおもった。むせかえると口から焦げ茶色の粘土がとびだし、レースのついたテーブルクロスに点々としみをつくった。X線でもCTスキャンでも、なにが起きているかまったく説明がつかない。内臓全体にぼやっともやがかかったような影があるのが、つまり俺のいう原野のイメージなんだ、とナイルズは冗談ともつかないようなことをいって片目をつむった。

「最期にはきっと俺は、人間のかたちのただの土くれになるのさ、漫画みたいに」

ドアがぎいとあいて、さっきのすきとおった頰の少年が銀の盆をささげもってはいってくる。ベッド脇のサイドボードに紅茶のソーサーとカップを置く。

「弟のティムだよ」

ナイルズはいった。ティムはゆっくりとこちらをみあげ曖昧なまなざしを投げた。ナイルズのおさがりだろう、大きすぎるフレッドペリーのシャツを、腰まで垂らしてだぶだぶに着ている。

「愛想なしで悪いな。弟はあんまりうまくしゃべれなくてな」

みているとティムは板床にかがみこみ、新聞紙と手を使って、ベッドのまわりに飛びちった土を集めだした。ナイルズはなにもいわず、突然うつらうつらと居眠りをはじめた。ガラス窓の横の引き戸からティムはいったん庭へ出、しばらくしてから手と新聞紙を空にして、部屋へもどってきた。この家にはなにか、大きなものが欠けている気がした。ティムがシャツの上にダウンベストをはおる。ナイルズに両親がいないことは中学のころから知っていた。洒落たつくりの家だけれど、しっくいのあちこちはひび割れ、砂埃がたまり、空気そのものが壁みたいに、ナイルズやティムの前にたちはだかっている。ティムが玄関にむかい、こちらを、ちら、ちら、と振り向く。ふたりでクリーム色の戸を抜け、市場へ買い物へでかける。

ティムはまるで年老いた蝶のように、頼りなさげにふらふら歩を進めながら、目当ての店に立ち寄っては、まったく無言のまま、介護用おむつやパン、便所紙など、かさばるものをぼくの腕のなかに押しこめていった。花屋にはいって手ぶらで出てきたり、新聞スタンドの前に立ち、じっと記事の見出しをみつめたりもしていた。高校生のとき、顔の半分を包帯でぐるぐる巻きにして、コート脇のスタンドにじっとすわっていた小学生がいたのを、ぼんやりとおもいだした。ティムのからだはその頃からまったく大きくなっていないようだった。ときおり市場通りの路傍にしゃがみ、くず野菜や生ゴミをつまみあげ、ダウンベストのポケットにそっとしのばせていく。顔つき、身のこなし、頭のかたむけ具合から、ことばがうまく出ないだけでなく、ティムの右目があまり見えていないこともわかった。

「学校には、いっているの」

ティムはさっとふりむき、左目を泳がせながら口をもごもごと動かし、ブハッ、といった。ブハッ、ブハッと、ただ破裂音をくりかえす。ぼくは胸がいっぱいになりそれ以上きかなかった。山積みの、しかしまったく重みのない買い物を抱えて、ティムのあとにつき、ノッティングヒルのうねる坂道をまたナイルズの家へともどった。

ナイルズはベッドで眠りこけていた。唇の端からぽろぽろと土のかたまりが枕、シーツにかけてこぼれている。そっと指先ではらい、ぼくは上着を脱いでシャツの袖をまくると、音をたてないよう注意しながら、部屋のかたづけをはじめた。ティムは床の土を捨てることには熱心でも、背のとどかない箇所は手をつけないらしく、ナイルズの机、棚の上は、紙くず、プラスティックバッグ、パッケージなどが折り重なり、さながらカラフルな、現代食文化の地層と化していた。寄宿舎の相部屋で、同じように、散らかし放題の本や下着をかたづけてやったものだった。恋人からの手紙をビーフジャーキーの箱につっこんでおくような男だったが、そのくせ恋人が中国に帰ってしまうと三日間シーツにくるまってなにも食べなかった。

机の地層のなかから、端をリングでとめた、落書きの束のようなものがでてきた。よくみるとそれは落書きでなく、一枚につき一行ずつ、文章を殴り書きした作文集のようなものだった。

「それはいくらですか」「きょうはとてもいいてんきですね」「ごめんなさい、ぼくはあまりよくしゃべれません」。

この陽の当たる部屋で、ティムに紙を見せながら、一文ずつ声にだして読みあげていくナイルズの様を想像した。市場でティムが、ブハッ、ブハッ、と発した音は、あれはBROTHER、BROTHER、と懸命に発音していたのかもしれない、おにいちゃん、おにいちゃん、おにいちゃんが学校なんだ、と。

ナイルズの寝顔をたしかめ、庭に出てみる。ぶかぶかのシャツを着たティムが背中をむけ、しゃがみこんでなにかしている。ティムのいるあたりの地面は、半径三ヤードくらい、周囲から浮きあがったみたいに色がちがっていた。直感で、ナイルズの土だ、とわかった。ティムは捨てていたんじゃない、兄から発した土を一粒残らず、ていねいに庭の上に敷きつめていたのだ。気配を感じたのかこちらを見ないまま、オウル、とティムはいった。オーウル。穴。ことば通りティムは素手で、ボウル一杯ほどの深さの穴を掘りすすめていた。目の前には移植用のバラの苗木が、ずらり二十本以上、鉢のなかに収まって、植えられる順番をうずうずと待っている。

ぼくは少し離れたところに立ちつくしたまま、ティムの仕事を見つめた。まるでベッドに横たわる背をさすり、乳酸のたまったふとももをもみほぐすように、五本の指を優美に使って、兄から出た土をひろげ、掘り、ならしていく。ティムの左目には、それはただの土でなく、兄のからだ、兄の声にさえ、みえているのかもしれない。「きょうはいいてんきだ」「もうすぐいいおしめりがあるでしょう」。そこに、みずからの指で穴をあけ、市場で買い集めたバラの苗を植える。この家に欠けていると感じたものがなんなのか、ぼくにはやはりわからなかったけれども、いつかティムの植えた苗木の先に、ふくらむようなバラの花がみのり、その香りが陽光とともに窓のむこうへ渡っていったら、とぼくはおもった、その欠如はいつのまにか、自然に埋められているにちがいない。ナイルズのいう、胸の底の、土や石ころだけのだだっぴろい原野は、そうして気がつけば、バラや月桂樹、名の知れない野花で満たされている。ティムは、ティムだけが知っているやりかたで、その土地まで兄を連れて行こうとしている。

ぐるりを見わたせば、ここノッティングヒル、豪邸やアスファルトに覆われた住宅街の下にも、何十億年もかけて地層をなし、土、石が、しずかに横たわっている。ティムの耳に、その息づかいは、兄の寝息と重なってきこえるのかもしれない。また、だからこそナイルズも、いつか自分がただの土くれとなって、この土地に溶けてしまうのがさほど恐くないのだ。土のかすかな、声なき声をききとってくれる弟がここにいるから。

「バラ」

振り向かないまま、ティムははっきりとした発音でいった。

「バラ」

「そうだ、バラだね」

ヒョイとふりかえって、ティムはニッと笑った。そうしてダウンベストのポケットに詰め込んだくず野菜と生ゴミを、雛に餌を与える母鳥のように苗木の周囲に埋めていき、最後に、まんべんなくかけた土の上を、透きとおったてのひらで大切そうに撫でた。

せせらぎ

光のとどかない深海を真上からかぶせたみたいな夜空のもと、俺たちは育った。山間の、一年の半分以上雪にとざされた寒村で、四六時中誰もが、魂をしぼりだすみたいに白々と吐息をたちのぼらせていた。空をみあげると、夜光虫や、目のやたらでかい古代魚、発光イカなんかが、俺たちの星座をなしている。母さんの吐く息はうまそうに輝く砂糖菓子だったけれど、おさない俺の息は空中に漏らした立ち小便のあとだった。

父さん、叔父さんら含め、村の男たちはやたら酒を飲んだ。大股で、突っ走るような勢いで、木の椀や鹿革の袋に甕の酒をためては、ひげの密集する喉を反らせ、ぐびぐびと空けていく。素面でいる時間、男たちは口を結んで山へはいっていき、宵闇がおりてくる直前、村へ帰ってきた。宝石の目を夜の星へむけた牡鹿の骸を逆さに吊るし、鈴なりのヤマドリをそれぞれの盛り上がった背中にかついで。

こどもは多かった。一家に七人、八人といた。肉がふんだんにふるまわれた晩には村の誰もがおおらかな気分になったので、納屋のくらがりを覗くと、酔っぱらった隣家の若者が、うちの叔母さんの腹の上でぴんぴん跳ねている、というようなことが珍しくなく、男たちは、よそのこどもをつかまえては、オイ、てめえ、だんだん俺の若い頃に似てきたな、なんて与太を飛ばすのだった（自分のこどもの種を疑うことは脳みそがそこだけえぐれてるかのように皆無だった）。冬場にはいるととくに、年端のいった大人たちは、紐を結んでは解くみたいな気軽さでしょっちゅうまぐわってた。村じゅうの家々から、ロバや豚めいたいななきが響き、事情を知らない商人などは宿の主人に、

「いったいなにを飼ってんだ」

「迷子のおっとせいですよ、旦那」

主人はこたえる。

「寂しくって寂しくって、たまらんのですよ」

男たちは、雪の谷間に向けて、誰の小便がいちばん遠くまで飛ぶか競った。へんな踊りみたいにからだをまさぐり一分間で何匹のしらみがみつかるか競った。くすぶる炭を握りしめていられる時間を競い、凍りついた川面を尻っぺたで滑る距離を競い、飲み屋の外で吹きさらしのままどれだけ勃起させたままもちこたえられるか競った。もちろん酒量も競った。勝ち負けの結果なんて誰もおぼえちゃいなかった。いっぽう、

母さんをはじめとする女たちは、昼も夜も口でなく手を動かし、村じゅうのこどもがそれぞれ誰の種か、まるで秘密結社みたいに把握していた。微笑みでも冷笑でもない、いちばん空気の澄んだ晩の三日月をおもわせる笑みを唇に浮かべ、湿りけの残るシャツに鉄アイロンをあてながら、広場で殴り合う男たちのどら声を聞きながしていた。

十四の春だった。真夜中、他人の夢を覗き見した感覚で目がさめた。毛皮から抜けだして土間の隅の水瓶のほうへ歩いていくと、ガラス窓のむこうから、なんだかへんな光が漏れてくる。さっきの夢が漏れだしたように感じ、俺は冷えた唾を飲みこむと、指五本を二度三度と動かしてみてから、かんぬきを外し、そろそろと杉の木戸を滑らせた。外に出、あいかわらず立ち小便みたいな息をあげながらぐるりと見わたし、そうして、西の山の端に目を移した瞬間、「あ」と声が漏れてた。山の稜線のむこうが、落陽でもない、月でもない、山火事でもない、銀色に輝くろうそくがあったとしたら、そのばかでっかいのを山のむこうに立てた具合に、あざやかな光の粉を散らして、さんさんと照り輝いていたんだ。不自然な感じはなかった。そこにあるべきものがいま現れた、って感じで、そういうのも夢をみてるときの感覚に近いかもしれないけど、俺はただ、立ちつくしたまま山とその上の、宝石を転がしたあとみたいな空を見つめた。波打つ稜線がわずかに開きかけた巨大なくちびるに見えた。光のつぶやきを漏らしてる、俺は直感した。山はいま俺をさそってるんだ。十四の俺は家に戻り毛皮にもぐりこんだ。夜が明けないうち、兄貴と兄嫁のいるほうから少しずつ、おっとせいの嘆きが響いてきた。

日中ぶらつきながら、ゆうべの光を目撃したものがいないか、目配せでさぐってみたが、誰も反応を返さなかった。まわりだした水車小屋の真ん前で粉ひきのひとり娘が砧をから拭きしていた。あだ名は「せせらぎ」。無口で、小川みたいに痩せてて、全身に木の葉や虫、カエルなんかをしょっちゅうくっつけてる。目が合うと、せせらぎはさっと川面に顔をむけた。その茶色い瞳のなかに、俺はあの山の端の残光をたしかに見たとおもった。新品の酒瓶を見つけた父さんみたいに、大股でまっすぐに歩み寄って、

「こんばん、西の山へいってみないか」

横顔をむけたままませせらぎは黙ってる。ゴトリ、ゴトリ、水車がまわり、だんだんとそれは、足もとの地面がゆっくり回転する音にきこえだした。せせらぎの手は砧を撫でつづけ、俺はふうと息をつき、川辺を離れた。ふた月ほど経てば、この上流で大ぶりなカワカマスが入れ食いで釣れるんだ。日が暮れて、母さん、姉さんらが毛皮にはいってすぐ、野山用の革服に着替え、鉈をせおって外へ出たら、樫の木の前に、革服に革帽子をかぶったせせらぎが立っていた。俺たちはなにもいわず西の山へつづく道をのぼりだした。

はじめのうち、山のむこうはあいかわらず銀色に輝いてみえたが、登り口から山道にはいると、常緑樹の木立で上のほうは見通せなくなった。それでも天気雨みたいに、空から光の粒がふりそそぐのは自分たちの影でわかった。深海みたいだった夜を浮上し、だんだんと、水面へ、水面へと、俺たちは近づいていく。山道の途中、林の向こうから楽器の音がきこえてきた。せせらぎをふりむいたがやはりなにもいわない、俺はなんだかだまされている気がし、じわじわ腹まで立ってきて、せせらぎの手を手袋ごしにぐいとつかむと、繁みをかきわけ、音のするほうへ足をあげて歩いていった。

森の窪地で、銀色の管楽器とギターが揺れ、いくつもの打楽器が地面に散らばっていた。俺たちが姿を見せた瞬間、演奏はやみ、まわりの闇が一気に俺たちの耳に流れ込んだ。焚き火を取り囲んで、四十がらみの男女三人が楽器を手に立っていた。年かさの男の話では、三人は近くの山小屋に泊まっており、よくここでバンドの練習をするんだそうだ。薄笑みを浮かべた女のひとは彼女の持っている管楽器に似ていた。ギター弾きの男が猿そっくりに手を伸ばし俺たちにパンを一個ずつくれた。ふたたび登りはじめた俺たちのうしろから、まるで祭り囃子みたいに音の粒がはじけはじめた。

山道は細まり、やがて消えてしまい、俺は鉈で蔓を断ちきっては、木立のなかをおぼろげな光のほうへ、せせらぎを連れて、パンをかじりかじり歩を進めた。向こうからジグザグに、木の葉を踏みならして駆けてくる低い影がある。猪や鹿はあんな走り方はしない。星座のうみへびが落っこちてきたみたいに、触角のもげた蟻が同じ道をくりかえし這いまわるように、木々のあいだを右へ左へ、大きく蛇行しながらこっちへ進んでくるんだ。このとき、ふしぎな音が耳もとで響き、一瞬のち俺は、それがせせらぎの声だとおもいあたった。

「夜の山がこんなにぎやかだなんておもってもみなかった」

せせらぎはいった。川面に反射する冬の光の声、姿を見せずに啼くルリビタキの声、朝露の声、少しの間溶けないまま毛皮にとどまる雪の結晶の声だった。この森に関する思いがけなさを、せせらぎがおもしろがっているのが声音からわかった。俺たちの前に走り出てきたのは、何年も前に姿を見たきりの、炭焼きの若者だった。うまれつき肌が黒いひとのような顔に、熾火みたいな目を見ひらいて、まるで夜の闇をバケツで頭からひっかぶったみたいだ。若者は立ち止まり、口をぱくぱくと開閉させたあと、

「さがしてるんだ」

木のうろの秘密をうちあける口調でささやいた。なにを、と訊ねかけた瞬間、若者はまた木の葉をまきあげ、身を屈めて走りだした。俺はなんだか胸がいっぱいになって、ふりかえって少し見ていたが、せせらぎはざくざく歩きだし、その背中は口笛でも歌いだしかねないほど跳ねていた。

次に出くわしたのは巨大な女だった。やはり頭から闇をかけ流した顔をして、高枝

の上からがっきと俺の肩をつかみ、古い蜂の巣みたいに匂う口をこちらに寄せてきた。俺はほんとうに小便をもらしそうだった。西の山全体にのしかかられ、細胞が一個一個別の生き物になって飛びちっていく、そんな感覚に駆られた。

「やめなさい」

せせらぎの声がした。

「わたしたち、これからまだ上へのぼっていくんだから」

ああそう、そう声をもらした大女を見やると、ふつうサイズの、俺の母さんくらいの背丈に戻っていて、目鼻は花びらや鳥の羽毛で着飾ったみたいにきれいだった。ちょっと覗きこんでみただけだよ、山の上は雪が残ってる、滑んないよう用心なさい、女はいった。

「わかったわ、ありがとう」

せせらぎは会釈すると、俺の手を引っぱって岩の斜面を登りはじめた。夢の空から落っこちたみたいな残雪のかたまりが、岩間で白々と輝いていた。

山頂あたりには薄い霧がたちこめ、雪をかぶった稜線は光のなかに溶けだしていた。俺はだんだん、のぼっているのかそれともおりているのか、引っぱっているのか引っぱられているのか、曖昧になってきた。霧の向こうからやってくる人影が見え、俺が大きく腕をあげたら、あちらでも腕をあげ、左右に振ってみたらやはりゆったりと左右に振る。霧のスクリーンに浮かびあがった、俺とせせらぎ、ふたりの影だった。進んでも進んでも、影は俺たちの前方に立ちはだかったまま、身を傾げ、頭を上下に揺らせて、灰色の足を運んでいく。

と、手をつないだふたつの影が離れ、互いに向きあうのが見えた。俺たちもそうしていた。影はもう一度両の手を取り、身を寄せあった。俺たちもそうしていた。霧を照らしつける光はいっそう強くなって、俺は銀色の水面に頭を突きだし、霧の滴をはらいながら、それまで直に吸ったことのなかった甘やかな酸素を、鼻腔をふくらませ、いっぱいにはらんでいた。せせらぎの冷えた指が俺の髪をまさぐる。俺たちを包んでいた毛皮はいつのまにか解け、おだやかに波打つせせらぎの肌の上を、俺は銀の橇に乗って、息をつめて滑っていく。ギターのかき鳴らされる音が耳のそばで響き、だんだんと大きくなる打楽器のリズムに乗って、銀色の管楽器が光のシャワーを浴びせかけた。せせらぎのからだは、花びらと羽の目鼻をした女みたいに、みあげるほどに膨らんだり、猫くらいに縮こまったりした。山に合わせ、俺たちは呼吸した。銀の霧は俺たちふたりの混じり合った吐息だった。

息みたいに混じり合うことができればいいのに。俺は、せせらぎは、激しく身をのたくらせながら嘆いた。寂しくって寂しくってたまらんのですと、宿屋の主人はいった。ひょっとして俺は、あの大女に抱きすくめられたまま、森のどこかへ運ばれていき、そうしてことばを忘れ、ばらばらの細胞になってしまったほうがよかったのか。炭焼きの若者が、山を走りつづけながらさがしているものとは、見つけた瞬間、目もこころも、それまで大切におもっていたすべてをも、一瞬にして粉々に打ち壊してしまうものじゃないか。俺はわからなかった。せせらぎの声が、この世にたったひとりだけ残された獣みたいに、山頂にこだました。楽器の音はもうきこえてこない。霧も徐々に晴れ、真上から、巨大なイカや発光する魚たちが見おろし、そのすき間で星々がふるえ、紺色の空から、天体の音楽がさんさんと色をなし降ってくる。

俺たちはそれぞれの稜線を越え、影になって、肌のむこうにそっとうずくまる光のなかへ飛びこんでいった。銀の海で溺れ、何度も何度も浮上しては、互いの酸素をむさぼった。村の反対側の山の端から、真新しい朝日が照りつけたとき、せせらぎの背中の一面に、とりどりの花が一斉に咲きこぼれたように見えた。

自然と、きこえてくる音

京都らしい、畳から涌きあがる冷えこみのなか、わたしは目ざめた。ゆうべ、最終近くの新幹線で、退院以来はじめて訪ねた祖父の家は、観光バスがひっきりなしに通る、市街中心地の大通りを一本はいり、路地の奥へ奥へはいりこんだところにひっそりと建つ、どこがどうつながっているか、わたしなんかには全体がよくわからない京町家だ。

時計を見て少し驚く。ふとんを畳んでいると、ガラス障子を小気味よく叩く音がして、ふりかえると祖父が、なじみの呼びかたでいえばケンチさんが、障子戸を開き、薄い逆光のなか、片手で畳の上にお盆を置いた。膝でにじって六畳間にはいり、

「おはようさん、気付けグスリ、いれといたったさかい、熱いうちに飲みい」

井戸茶碗から、この部屋の精みたいに、湯気が渦を巻いて立ちのぼっている。その味と熱と飲み心地で、ケンチさんの薄茶はいつも、わたしの輪郭を内側から整えてくれる。うんと小さいころからそうだった。

「落ちついたら、ちょっくら『おそと』いこか」

「また、いろいろ、拾いにいくの？」

問いかけに、ケンチさんは無言で微笑むと、背をまっすぐに伸ばしたままガラス障子を閉めた。

夏休みや連休に預けられる以外、この町家で暮らしたことはない。なのにからだが、おなかの底が、ふくふくと笑い、きのうまでの緊張をほどいていくのはなぜだろう。母は十八の春までこの家で過ごし、大学入学とともに東京に出、四年生のときに父と出会った。あずまえびすに京おんな。するするする、とカーディガンの袖が、生き物みたいにわたしの腕をすべり、つつみこむ。衣食住のなにをとっても、この家は、二十歳半ばのわたしになじむ。それくらい丁寧に、十八までの母をくるんでいた、ってことなのか。

コートをはおって路地に出る、と、町家の並ぶ道を進んできた自動車に、わたしは呆然と立ちつくす。真っ赤な外車。スポーツカーっていうか、海の生き物みたいな流線型。ガラス越しにみえる鳥打ち帽のケンチさんがほんもののハンターにみえてくる。助手席にはいり、シートに吸いこまれながら、わたしがとんちんかんな感想をいうと、

「そういうつもりもないんやけどな、一度試し乗りして、気に入ってもうてな」

ケンチさんは若作りでもない、もちろん爺むさくもない、七十のケンチさんらしい

恰好でハンドルをたぐる。皮膚みたいになじんだ革ジャンパー、アクセルペダルにまっすぐに伸びていくツイードのパンツ、くたっとしたオレンジ色のスニーカー。六十のときも五十のときも、きっとその時期にぴったりの恰好をしていたはず。それはつまり、ケンチさんはいつだってケンチさんらしい、ってことだ。

三条通を、東へ、東へ。ゆるやかなスロープをくだり、のぼり、またくだりしているうち、窓外の景色はありありとかわってくる。なんていうか、空がどんどん、広くなっていく。きれぎれの雲が、まるで楽譜のヘ音記号みたいに東の空へ連なっていく。

「ちょい待っといてや」

ケンチさんはブレーキを踏む。「島田養鶏所」と看板の出ている敷地に、赤い自動車を乗り入れると、うしろの席に置いてあった肩掛けかばんを取り、ひとり、建物の向こうへ小走りではいっていく。うしろ姿がまるで、捕虫網を握りしめた男の子みたい。ほんの五分ほどで、満足そうな笑みをたたえながら運転席に戻ってくる。

「ほんまにな、鶏ていうのんは、住んでる場所場所によって発声がちがうんや。ヨークシャーの鶏は英語の、ヨークシャー訛りで鳴っきょるし、福岡の鶏は博多弁で鳴っきょる。ちょっと窓あけてみい」

わたしはいわれたとおり、三センチほどあけてみる。

「空気のにおい、変わったあるやろ。さっきの坂こしたら、もう別の国や」

鼻腔をくすぐるのは、草のにおいか。それも、乾いた高原じゃない、ひたひたの水につかった水草の、ぎっしり生えそろった岸辺のにおい。山道を滑りおりるうち、左手に、湖水のきらめきがみえてくる。沿岸にならぶ建物に見え隠れする、おだやかな水のお盆。連れてきてもらったのは十数回ではきかない、京都からいちばん近い「うみ」、琵琶湖。

大津市街の、岸に面した公園のそばに自動車を停める。一軒の店先から、もうもうと煙がたっていて、焼き鳥屋かとおもったら焼きうなぎ屋さんだ。顔見知りらしく、焼き手のおばあさんに親しげな挨拶を投げかけると、ケンチさんは肩のかばんからマイクを取りだし、炭火の上にずらりとならぶ焼きうなぎ、ひと串ずつに、まるでインタビュアーみたいにむけたまま、一歩一歩、店先をよこぎっていく。

うなぎ屋さんのつぎは、公園で遊ぶこどもらの唄。岸辺におりていき、わたしには名の知れない水鳥の、消え入りそうな鳴き声。みどり色の路面電車が、鉄輪をひきずってくるおだやかな軋み。ケンチさんは三種類のマイクを使い分けていた。筒先を音源にむけているときの表情は、ハンターというよりか、薄く目をとじて、心地よくうたたね中の豹みたいだ。

音楽会社の録音技師だったケンチさんは、いまは独立し、フリーのエンジニア。びっくりするような大物ミュージシャンからの指名もめずらしくなく、十代のころ、ひとに薦められて買ったCDのブックレットをひらいてみたら、そこにアルファベットでケンチさんの名前が、ってことは頻繁にあった。京都の若いバンドメンバーからも慕われていて、声をかけられれば、手弁当でライブハウスに足を運び、鍛え抜かれた耳で、会場で臨みうる最高の音を引きだす、そう、地元新聞の文化欄で読んだおぼえがある。

近江大橋を渡ってすぐ、シギの群れをみつけたケンチさんは、なにもいわず自動車を路肩に停め、背中をぴんと伸ばして岸辺に近寄っていく。

今日みたいにドライブがてら、「おそと」で音を拾って歩く姿を、わたしは物心ついたときから見なれている。十代半ばからは、京町家に泊まりにいった翌朝には、ほぼ決まってわたしを連れ、ケンチさんは「おそと」へでかけた。まるで、かたく閉じかけていたわたしの窓を、外いっぱいにひらくように。この一年、ケンチさんに会いにくることを、わたしは忘れていた。まっすぐに伸びた背とおだやかな声をおもいだしてさえいれば、自分をあんな目に遭わせようなんて考えは、ひょっとして、起きようがなかったかもしれない。

正午過ぎ、少し黙りこんだわたしの横で、新聞紙の包みをひらきながら、

「少々手間でもな、サンドイッチは、自分の手ぇで作らんなあかんえ」

風にささやきかけるみたいな口調でいった。白い船がエンジン音と波をたててまっ

すぐに湖面を滑っていく。

「どうして？」

「作るそのときそのとき、台所になにがあるかで、味も厚みもかわってくるやろ。いうてみたら、その日の台所を、表へもっていって食べる、うちと外の中間みたいな食べもんなんや。仕出しの逆や、サンドイッチは」

京町家のこの日の台所は、しょうゆとみりんで炒めた鶏の胸肉、ざっくり切ったキャベツ、細かく散らしたゴルゴンゾーラ、自家製のきゅうり。ケンチさんの淹れたコーヒーは薄茶とほとんど同じ飲み心地がするのがふしぎ、でも、当然のことかもしれない。

それからしばらく、赤い自動車は、琵琶湖の東岸に沿ってのびていく湖岸道路を、右に左に旋回しながら走りつづけた。わたしの左にはずっと、おだやかな湖面がひろがっている。風がないんだろう、真っ平らに凪いだ水の表面は、ハンドルをむければそのまま向こう岸まで滑っていけそうだ。真っ青なお盆の上を走っていく、流線型の赤い粒。

ふと気づくと、音が流れていた。

音が流れているせいで、ようやくその静けさに気づく、といったたぐいの静謐が、車内をおだやかに満たしていた。

そのなかで鳥が鳴く。さっき教えてもらったこのささやかな声はクイナ。ひいとめ、ふため、みやこし、よめご。大津の公園を渡ってきた京都のわらべうた。携帯用プレイヤーが、カーオーディオに繋がれている。湖水が光り、遊覧船が青いお盆の上を滑っていく。はるか北の山頂は、不自然なくらいまっ白い雪をかぶっている。赤い自動車は、前へ前へ進んでいるというのに、ケンチさんの拾った音は、うしろへうしろへと、助手席のわたしを連れもどしていく。

自動車の、まあたらしいエンジン音。はじめて試し乗りしたとき、たまらず録ったにちがいない。

聞き覚えのある鉦、笛に太鼓。祇園祭のコンチキチン。

驚いた。いきなりわたしの声が車内を満たす。高校の卒業旅行で、友達三人とケンチさんの町家を訪ねた。誰がいいだすでもなく、マイクにむかって、高校時代のいちばんの想い出を話そうということになった。私は、告白してつきあうことになった先輩が、翌月には引っ越していった話をした。悲しい、寂しいというより、なんだか自分が階段をひとつのぼったみたいな、清々しいおもいがして、たったひとりで学校をさぼった。「それでやってきたのがね、わかるでしょ、やっぱり、ケンチさんのこの家だったのよ」

ばらばらの時間がパッチワークされ、あたらしい彩りと広がりをもって、目の前にあらわれる。一日一日はすべて等価だ。忘れているか覚えているかは、どれだけの距離をおいてみているかの問題。ケンチさんが拾った音は、今日のうなぎ屋の煙も、十年以上前のなつかしい犬のまなざしも、同時にその場に立ち会っているかのように、わたしの前にひらいてみせる。

なつかしい声がたずねる。「しょうらい、どこにいくの」

胸のなかの声がこたえる。「じょしだいに、いくの」

もうひとり、なつかしい声がおかしそうにきく。「じょしだいのあとは？　なにになるんだい？」

胸のなかの声が、少し間を置いていう。「ぶんぼうぐやさんの、おばさん」

いま何歳か、どこに住んでいるか、毎日なにをしているのか、こまかないろんなことが音のなかに溶けていく。わたしは自分のなかに、いままでおもいもよらなかった音が、いっぱい詰まっていることに、ようやく気づく。時間の上の染みみたいに、みじめに生きてきたように、救急病院ではおもっていたけれど、ほんとうは太い糸だった。無数の糸を組みあわせた織物だった。わたしは実は、わたしの気づきもしないいろんなあたたかなもので出来ている。

若い声がする。「えーと、これが、おじいちゃんです。はじめまして」

もうひとりの若い声。「三三〇〇グラムありました。髪はぜーんぜんありません」

「でも、おんなのこですよ。あ、そっぽむきました」

「なかなかきかん坊。なまえは、いまから考えます。大切な、いいおなまえを、おとうさんとおかあさん、おじいちゃんで、つけてあげましょう」

そこで声は切れた。分厚い静けさが、みえないクッションみたいに、走りつづける自動車のなかにふくらんでいった。ケンチさんは黙っていた。わたしも、この大切な静けさを壊さないよう、いまのまんまそれがからだを満たすよう、鼻から胸いっぱいに、すべての残響を吸いこんだ。

近江八幡の市街にはいり、神社に隣接した、おしゃれな和菓子屋さんで名物のお餅を食べた。ぬるめのお茶をすすりながら、

「ねえ、ケンチさん」

「うん?」

「ケンチさんは、わたしに、なんにも訊かないのね。それがとっても楽なんだけど」

ケンチさんはひょうひょうと肩をすくめ、

「俺は、自然と、きこえてくるもんだけでじゅうぶんや」

といった。

「わざわざこじあけたり、つかみあげたりは趣味にあわん。自然と、むこうからきこえてくるもんだけで、だいたいのほんとうは、わかるもんやで」

「ケンチさんは、特別の耳だから」

「ほんなことあるかい」

ちょっと眉を寄せ、ひと呼吸おいてから、右耳に指をつっこんで、桃色のかたまりをとりだすと、ほれ、とテーブルの上に転がした。私は啞然と見つめるほかなかった。ケンチさんはいつからか補聴器をはめていたのだ。

「音いうのはな、耳だけできくんやない。なんちゅうか、にじんでくるもんなんや。その音が響いてる、その場にいてるかいてないか、それがいちばん大切や。しんどいときに、よう思いだしてきてくれたな、おおきにな」

神社と兼用の駐車場で、赤い自動車は抜群に目立っていた。しゃがんで正面から写真を撮ってるひともいた。参拝の鈴の音を録って戻ってきたケンチさんは、さ、もうちょっと水郷まわってから、お肉屋さんですきやき食うてうち帰るで、といった。

「ケンチさん、なに、まだ食べることいってるの？」

「当たり前や」

ケンチさんはこちらを振り向き、

「音だけで、腹いっぱいにはならんやろ」

そういって笑うと、真っ赤な車体に滑り込み、背をまっすぐに伸ばしてから、小気味よい音を響かせドアを閉めた。

虎天国

虎が銀座通りを歩いている。私と寺沢は軽トラックで、少し離れた後ろを、そろそろとついていく。真昼に無人の銀座通り。通行人はすべて建物の内に避難している。虎は身を揺らせながら銀座通りを歩いている。歩行者天国ならぬ虎天国である。

さすが銀座通りだ、と思う。普通、虎が外にいれば、外にいるという事実だけでもういっぱいで、どこを歩いているとか、そんなことは意識にのぼらない。外苑西通り、青山通りなどといったとすれば、わざわざ道路標示のほうへ、視線を移している感じがするのではないか。その点、銀座通りは、ふだん通り堂々とそこにあり、虎でも白熊でもナウマン象でも好きに歩けばよい、といった風で、通りのほうで、虎を歩かせている、といった感じさえ漂わせる。

銀座通りを虎が歩いている。

寺沢は、運転の腕はたしかだが、蛇口に歯をぶっつけたせいで、固いものをいま食べられない。固いもののことを思いだしたのは、銀座にある老舗の和菓子屋の名が虎に関係しているからかもしれない。あまり知られていないことだが、その菓子屋は外国で虎を保護する活動に参加している。いま歩いている虎はその店先から逃げだした虎ではない。通りを走っていたトラックの、掛けがねの外れたコンテナから飛び降りた虎である。警官隊は四丁目の角と京橋にバリケードを設け、虎の歩行を遠巻きに見守っている。

挽き肉料理屋の前で立ちどまり、皮細工の店の前でまた立ちどまる。中華料理屋のガラス戸には、畏怖と好奇心に目を膨らました人々の顔が貼りついている。虎は気にもせず一丁目の通りを徘徊し、街路の柳の幹に、ときおり腹の横をこすりつける。二丁目では、なにに引かれたのか、文具屋の前で立ちどまった。閉めきられたガラス戸から女声のくぐもった悲鳴が漏れ、寺沢はトラックを少し店のほうへ寄せた。虎はゴウと唸ると、尾をあげて店から離れた。文具屋の向かいに虎に関係した名前の帽子屋があったが、むろん帽子などに目はとめず、ゆったりとした歩調で通りを西へ進む。数年前までなかった、ガラスや金属製の方形の近未来風の建物が、艶々した虎の毛並みに気後れし、わずかに奥へひっこんだように見えた。百貨店、書店、宝石屋に楽器店。虎はひとつずつの戸口を覗きながら歩いた。以前、この場所をよく知っていた人のような歩きぶりだった。

虎はバリケードの間際まで来た。棒や楯を握った警官隊には一瞥もくれず、交差点の南東に向かうと、何十年も置かれているライオンの石像を見あげた。アスファルトの路上に腹ばいになる。虎はライオンを見つめつづけた。そのうち、同じ姿勢の石のライオンと生きた虎が、互いに視線を交わし合っているように見えてきた。それどころか、石の台座とアスファルトの上で、虎とライオンのそれぞれのからだが、ときどき入れ替わっているように見えた。妙な感じだった。寺沢はいつの間にかエンジンを停め、警官隊は同じ場所に立ちつくしている。

虎の背が一瞬光る。背後へ身を躍らせ、アスファルトを蹴り、通りを東へ、一直線に走りだす。それは「走る」といったものではない。三丁目、二丁目、一丁目と、四肢をほとんど地につけない感じで疾駆し、京橋のバリケードの前で身を翻すと、今度は一丁目、二丁目、三丁目と駆け抜け、四丁目のバリケードでUターンする。十往復、二十往復とするうち通りは黄色い一本の帯のようになる。銀座通りが虎になる。人々は店から歩道へ出てくる。四丁目のバリケードが解かれると、虎の勢いはいっそう増し、銀座一丁目から八丁目までを稲妻のように駆けめぐる。虎が銀座通りになる。銀座通りの虎は、我々を背に乗せ、黄色い輝きを放ちながら宙へ浮上する。猛々しい咆吼が通りを震わせる。石のライオンが四肢を踏みしめ吠えているのだ。

ウミのウマ

まだ昼前の、首都高の湾岸線を、南へ、南へと疾駆していく。ビル街とは比べものにならない、空の広さのせいだろう、この道は、季節や天候によって、走るその都度に表情をかえる。今日はまるで、波の上すれすれを飛翔するトビウオにでもなったような感じだ。大黒埠頭を高々と飛び越し、本牧の空を、雲をかすめて滑りぬけていく。

真っ赤なこのクルマは、直線でアクセルを踏めばそのまま青空へ離陸していきそうなのに、カーブにさしかかるや前のめりのGを四輪がそれぞれ受けとめ、ここ、というラインを正確にたどっていく。ハンドルを握る俺じゃない、メルセデスGLA自身が判断し、駆動をかけて、ゆるやかなアップダウンのつづくこのドライブをたのしんでいる、そんな感覚にすら駆られる。

隣で息子はなにもいわずすわっている。いちおう、水着とボート、自転車はうしろに積んできた。中学二年生。学校へ、いちおうはいっている。クラスでも同じような感じらしい。スピーカーから速いピアノソナタが流れている。俺の意思をくんでハンドルが自転しGLAは横横道路にはいっていく。

「この下が、金沢動物園」

釜利谷ジャンクションを進みながら、

「地味な印象だが、サイの飼育では世界レベルだ。今度みにいってみな。どのサイも、目のかがやきがちがうから」

チラリと外に目をやりながら、息子はこたえない。五年前のあの日からほとんど声をきいていない。息子にもどうしてかわからないだろう。工場の黒鉛が渦巻いている。青空に溶けていくそれは、町が空に吐きつける、冗談まじりの罵声みたいだ。

逗子を過ぎ、三浦半島のどまんなかを南下していく。山と緑にさえぎられて海はみえない。潮の気配だけが車内にもうつってくる。横須賀にはいり、衣笠インターから三浦縦貫道路へ。このあたりの道はもう、山谷を縫い合わせてつづいていくレーシングコースそのもので、GLAは嬉々としてアスファルトを蹴り、前へ前へ、そのまま山を突きぬけ海に飛びこみそうな勢いで駆けていく。俺のからだはシートを通じ、より深くこのクルマとつながっている。息子はどうなんだろう。

林の出口で134号線に出る。京急三崎口駅の前で西に折れ、砂利の未舗装路を三戸海岸までおりていくと、ビーチに面して、箱形の白い二階建ての宿「ステラマリス」が建っている。三戸の浜は、広くないし、海の家もなにもない地味な場所だけれど、三浦半島でこれほど穏やかで、完成された海岸線をもつビーチはほかにない。空気の澄んだ冬の日には、こんなにも大きかったかと見あげるほどの富士山が、くっきりとした稜線をみせ、相模湾のむこうに立ちあがる。

スポーツバッグを置き、管理人の上野さんに挨拶。息子は、とみると、保養所のゲートぎりぎりに立ち、沖をいく銀色のクルーザーか、それとも空を浮き沈みするカモメか、ほかにみるものがないんでとりあえず見とく、くらいな感じで、海のほうへ視線を投げている。

「ひるめし行くか」

運転席に乗りこむと、すっと無言で助手席につく。芝生に水をまいている上野さんが笑顔で古参兵みたいな挨拶をくれる。ハンドルをまわしながら走りだすと、俺たちはもうすっかり三浦のうち寄せる潮のなかに、すっぽりと包みこまれている。

ふたたび国道134号。三崎口駅をこえてすぐ、毛むくじゃらのへんなものが詰まった下水管みたいに、交通の流れが途切れがちになってくる。そうして、半島でもっとも標高が高い、引橋の交差点で完全にとまる。

もう一時間早く着いてるべきだったと、前の千葉ナンバーを見つめながら胸でつぶやいてももう遅い。三崎港の下町までおりていく道はこの一車線道路よりほかにない。遠くからのドライブ客はもちろん、京急バスが律儀な王様みたいに、ひっきりなしに停留所にとまっては、地元の古老、ヤンキー、小学生を拾っていく。この日、真昼から港祭がひらかれることを、歩道橋にかかる横断幕で、俺ははじめて知った。

ミラーのなかで、うしろからトロピカルな魚の群れがまっすぐに迫ってくる、かとおもったら路肩を追い抜いていく。絵の具箱を蹴っ飛ばしたみたいなサイクリングスーツの、ツーリングの一団。そうだよなあ、この一本道は、四つ輪でなく二輪車、さらにいえば馬なんかで走るのが、ほんとは向いてるよなあ。

このあたりはいうまでもなく侍の土地。三浦一族と北条家がせめぎあった古戦場だ。初声、城ヶ島、通り矢と、バス停の名もありありと侍っぽい。油壺の由来を、上野さんにきかされたときは正直肌がつめたくなった。北条氏に討ち滅ぼされた三浦一党が、入り江にずらりと並び、首を落とされた。流れだした血で湾が赤黒く染まり、高台から見おろすとまるで油を満たした壺みたいにみえた。

油壺マリンパークは何度もかよってるが、ときどき水槽のなかに、みえちゃいけないものがみえるような、そんな気がしてときどき目をこすったりする。

先の信号で、さっきのツーリングの列が縦にならんでて、おや、とおもう。田舎の信号なんて無視して走り抜けてく阿呆な自転車野郎が多いなか、こんな小さな赤信号で、この一団は整然と、ほかの邪魔んならないよう停車し、しかもなんだか楽しそうなのだ。しんがりで待っているのはしゅっと背の伸びた女性で、まるで長い潜水から浮上した海女さんみたいに頭をゆったりとめぐらし、空、街並み、取りまくまわりのすべてを透明な舌で味わっている。

すっと目が合う。サングラスのむこうで表情がゆるんだ瞬間、信号がかわり、ツーリングの列が坂道をすべりだす。

自動車の流れはあいかわらずで、進みだしたかとおもえば引っかかり、走ったかとおもえば踵をふんづけられ、なんだか自分たちが練りチューブに詰まったみどり色のべとべとにでもなったみたいな気分。息子の鉛みたいな沈黙のほうが、つきあっててまだ楽なくらいだ。歩道では、誰もいない露天に野菜や果物が積みあげられ、真ん中にピースの空き缶が置いてあり、通りがかった客は自分で適当な額の代金を決め、缶に投げいれては、ぴんぴんに切っ先がとんがった旬の野菜を取っていく。車内にとじこもってんのがバカくさい気がして、いいか、と断って助手席と、運転席のガラス窓をあける。途端に潮気といりまじった土の香りが流れ、俺は、だんまりの息子といっしょでも、やはりここへ来てよかった、ほんの少し晴れやかな気分になる。ぶどうのひと粒ずつがこの土地じゃなんてでかいんだ。

ごく小さな信号の手前で、ロードバイクの女性が、縁石に片足を乗せて立っている。にじりにじり進む俺と息子のほうに、サングラスを取った顔でふりかえり、なにか含んだ笑みを浮かべながら親指を立てると、今度は国道をはずれた、斜め前方へひとさし指を向けた。明らかに、こちらへ、と告げている。国道は渋滞、斜めにつづいていくのは、どこへたどりつくか知れない砂利道。カーナビにはがらんどうの空白しかうつっていない。

ハンドルを切り、小径に乗り入れる。バイクの女性は軽くうなずくとサングラスをはめてサドルにまたがる。こちらへ、こちらへ、と背中で先導し、真っ赤なメルセデスを三浦半島の畑のなかへと導いていく。

茶色い土の先で紺色がきらめき、せりあがっていった。一台通るのがやっとというこの道は、半島にはりめぐらされた毛細血管だった。大根畑、ナス畑、キャベツ畑のむこうに海が、青い海坊主みたいなまるい水面が、そこらでぷっくり、ぷっくりと顔をのぞかせている。盛り上がり、さがってはまたのぼりする土地の上を、茶色い農道が、一見複雑にみえ、実は筋のとおった軌道をなし、大きくうねりながらつづいていく。

俺たちの前に走るロードバイクを、追い抜こうという気はけして起きなかった。それどころか、ロードバイクの速さで走るこのドライブを、腹の底からたのしんでいた。駆けのぼり、息をついて、また勢いに乗って斜面をくだる。ほんとうに、馬に乗ったらこんな感じかもしれない。

時速いくつ、といった数字上の速度でなく、からだと空間、時間が、わかちがたく結びついてまわる絶対的な速さを、いまGLAは生きていた。道路上で飼い慣らされるのでなく、馬のように、四方自在におどっていた。息子さえ、シートから身を乗りだして、青く縁取られた畑と、そのむこう、うっすら宙にうかんだ富士の嶺をみている。このままいつまでもぐるぐるとまわっているだけでよかった。やがて最後の畑地をこえ、城ヶ島大橋への登り口を横切って、急な坂道をくだった末、俺たちは国道とは反対側から北条湾に出た。湾に沿って走っていけば三崎港の下町だ。

あけはなした窓から、バイクの女性が顔をのぞかせる。

俺は息子ごしに、

「ありがとう、いいコースを教えていただいて」

「わたしたち、いつもこっちを通ってくるんです」

女性は笑った。

「そしてのぼりは、国道の西の畑地をあがっていきます。富士山を横目にみながら」

しかし、どうして俺たちを案内なんて？　問いかける前に女性は、バックミラーに吊り下げたウミウシのフィギュアを指さし、

「わたしも、はいってるんです、あそこ」

「ああ！」

そして同時に、マイナーだが環境は抜群の、とある地方の水族館の名をあげた。こ

のウミウシは息子が七歳、まだ、陽気なミツバチみたいにくっちゃべってたころ、猛烈に欲しがった。そうと決めたら動かないがんこなやつなのだ。ウミウシは、賛助会にはいるともらえるフィギュアだった。俺たちは三人とも、同じ水族館の賛助会員だったわけだ。

正午過ぎ、下町に到着する。女性のツーリング仲間はとうに着いて、埠頭に腰かけて待っている。マグロで有名な港だけれど、マグロ定食やマグロ丼は、どこも同じような味だしかえって割高だ。近海の魚や地の野菜をつかった、うまくて安い料理をだす店がいくらでもある。最近では逗子みたいに、洒落たイタリアン、レトロ風な居酒屋もでき、訪れるひともだんだんとマグロ以外の三崎を発見しつつある。

ただ、港祭とあって、どこの店もお客がはみださんばかりに混んでいる。

ツーリングのみんなを誘って、商店街の角近くにある、老舗の中華料理屋「牡丹」をのぞく。訪れる観光客はほとんどおらず、地元に住む、濃い顔の常連がカウンターについている。花火みたいに陽気なおかみさんに頼んで、ふだんは使われていない奥の座敷をあけてもらう。息子も含めた八人が、膝を詰めあって円卓にならんだ。

商店街の要所要所に、中華料理屋が点在している。遠洋漁業のマグロ船の、もと料理長が、陸にあがってはじめた店が多く、調理はざっと荒っぽいが、本来そんなスピードと勢いのなかで、茹でられ、蒸され、炒められるのが中華料理。港町ならでは、つまり、これもほんとうの三崎の郷土料理だ。

自転車乗りは、話してみるとみな三十代の前半、俺より十いくつ年が若い。関東全域から集まってきて三浦半島をゆったりまわっている。驚いたのはその食べっぷりで、俺の薦めた焼売ひと皿、やきそば、酢豚と、ひとりあたり三皿は頼み、運ばれて来るや嬉々として料理に向きあって、ピスト競技の勢いでみるみるうちに平らげていく。俺はもし、野菜や豚にうまれたなら、こんな風に食べられたいとおもった。女性は焼売と、叉焼と、辛みネギそばだった。六人に釣られ、だんまりの息子もいつになく前のめりになって、五目チャーハンをかっこんでいた。

「めずらしいじぇん、団体さんでよ」

顔なじみの元船員がぎょろ目をまわし、カウンターから話しかけてくる。

「いきがかりじょうね。途中でいっしょになったんだよ」

「ふうん」

元船員は、生ビールのジョッキをぐいと煽って、

「ガキんときよ、俺、ボートにサイクリング自転車くっつけて、前後の車輪とスクリューの軸かませて、海でたことあんだよ」

「あんだそりゃ。おめえ、バカじゃねえのか」

と隣の薬局店主。

「ひっちゃきに漕いでよ」

と元船員。

「城ヶ島のむこう一周して帰ってこようとおもったら、たまたま潮がすごくって、ぐんぐんぐん流されちまって、俺も調子こいて、まあいいやって、流れに乗って漕いでったらよ、気ぃついたら、伊豆の下田についてた」

カウンターじゅう、大波が崩れたみたいな笑いが巻きおこった。

「せっかくだし、ひとっ風呂浴びっかとおもったら、温泉に、すりむいたケツがしみてしみて」

外へ出ると金色の陽ざしが街路で跳ねている。一年をとおし、晴れの日の三崎はこの世でもっとも過ごしやすい一種の理想郷だ。

その一中心をなすのが、地魚を扱う鮮魚店「まるいち」。午後になっても店先には二重三重のひと垣ができている。横からのぞきこんでみると、いるわいるわ、アジにイワシにイサギにカワハギ、サバにムツにキンメにカレイ、かわったところではヤガラ、アマダイ、カゴカキダイにカイワリ。バケツではタコが踊り伊勢エビがつくばい、サザエとトコブシが宝の山をなすスチロール箱ではポコポコ音をたてて気泡があがっている。

「ああ、おひさしぶり！」

おかみさんの顔が、さかなたちの光を浴びて輝く。黙々と包丁を使っている若主人。手をたたきラッパみたいな声をあげている店員。

四十種以上のさかなたちは、主人の宣さんが毎朝市場で買い付けてくる。三崎でいちばんの目利き、と誰もが認めているが、昼前にはもう店の横の路地で、缶ビールの空き缶にまみれて「できあがっている」。ここに通いたいがために俺は三年のあいだ三崎下町に住んでいた。

よその店がとても買い付けないような魚、ハモやハコフグまで、その季節になれば堂々と店先をかざる。市場でこうした魚は厄介もの扱いで脇にうっちゃられているそうだが、宣さんはぜんぶ引き取って店に連れてかえる。

「うちはマグロ屋じゃねえ、魚屋よ」

宣さんはよく口にする。

「魚屋なら、魚は、なんだって売ってやんねえとよ」

ツーリングの女性が指をさし、

「あれ、なんですか」

「あ、あれはダツ。三崎名物」

黒い恐竜みたいな魚が、ぎざぎざの歯を見せてでんと横たわっている。

「見た目はあんなだけど、焼いたら、上品な油ののったサンマみたいにうまい。漁師もみんな捨てちゃうけど。叩いて剝き身にしてもおいしいし、煮付けても最高だ」

「買って帰ろうかしら」

そのとき、名物店員の野地くんが、妙な声を張りあげて店の裏から出てきた。リヤカーを引いている。ばかでかく、青白い、生物学的にまちがってるかたまりを荷台に乗せて。都会の魚屋じゃまず考えられない。まるいちなら年に三、四度は店頭にならぶ。相模湾の定置網に、たまたまかかっているときがある。なにしろ三浦半島に住む海洋生物は、種の数が世界でいちばん多様なのだ。

横倒しになったマンボウはおよそたたみ二畳分くらいの大きさがある。客はみな驚き呆れ肝をつぶしているが、俺は一度この店で、四畳半くらいのをみた。宣さんは、おめえ、この上に住みゃいいじぇんよ、と笑ったけれど、ほんとうに、ふとんを敷いて小机を置いて、その上で生活できそうだった。

あがったばかりのマンボウの肌は透明感がある。いつの間にか息子がいちばん前に出て顔を凝視してる。もともと、まるいちに来ていちばんおおはしゃぎしてたのはこの息子だった。たこに腕にからみつかれ、なまこに水をかけられ、そのたびに、いまではおもいだせなくなったくらい朗らかな、窓を開け放ったみたいな笑い声をあげ、店の前をころげまわってた。

息子がマンボウの顔をみてる。ぱち、ぱち、と大きく瞬きしながら。それに合わせるように、マンボウも、ぱち、ぱち、と瞬きをする。魚類のなかで唯一まぶたを持ち、瞬きをするのがマンボウだ。しかも上からでなく、マンボウのまぶたは下から眼球をつつむ。ぱち、ぱち。そして陸にあげられてからも、数時間は息がもつ、ふしぎな魚だ。

おもい返してみれば、七、八歳のころ、何度かそういうことはあった。けれどいま再び、だんまりの息子がそんな気を起こそうとはおもってもみなかった。

三十人近い人垣を通し、あいつははっきりと俺を見た。瞬きをつづけながら。目の輝きとまぶたの動きのなかに俺は息子の声をききとった。そんな気がしただけかもしれない、ただ、俺の目にはほんとうに、小さかったころのあいつの目が、いま俺の前で同じように輝いてる、三崎の陽光を浴びて、世界じゅうを放浪し、帰ってきた若狼みたいに、声をかぎりに訴えてるって、はっきり、そんなふうに映ったんだ。

俺の申し出に宣さんは、

「またかよ！　おめえじゃねえ、どうせまた、おめえんちのガキだろ！」

と笑った。憶えていてくれたのだ。

「前はたしか、ちっちゃっけえタコだったよな。細っこい腕にぐるぐる巻きにして、そっちの岸壁から放したっけ。今度はなんだ、でかくなって帰ってきやがったとおもったら、マンボウ逃がそうってのか、このバカ！　バカやろ！」

息子はこづかれ、一瞬だけ表情をほどいた。その顔をみただけで、マンボウ一尾三千円はぜんぜん高くない、そうおもった。

ツーリングのみんな、俺が、せえの、で抱え上げた。息子は頭のあたりを支えながらやっぱりいっしょに、ぱち、ぱち、瞬きを繰り返している。

北条湾まで進むと、漁船用のスロープをそろそろとくだっていった。みながみな、揺れ動く波に太腿まで濡らしていた。横向きだったマンボウの姿勢を水中で縦になおし、全員の手で、そっと波の先に押しだした。

はじめは波に揺られ、よたよたと安定しなかったけれども、三十メートルほどいくと垂直姿勢をとりもどし、ゆるやかに波を切って泳ぎだした。丸みを帯びた背びれがとぷんと海中にしずむと、誰からともなく俺たちは拍手をおくった。岸壁をふりむくと、魚屋のみんなと客たちもゆっくり、ゆっくり、手を叩いていた。小ぶりなマンボウが泳ぎ、外海にでようという、まさにそのリズムで。

「まあ、あっちこっち泳いでんうち、だんだんとまた大きくなんだろよ」

宣さんは煙草の吸い殻を踏んづけて片目をつむった。

「どうせまた戻ってくるよ、戻ってきたほうがいいやつなんなら」

日暮れ頃、ツーリングのみんなとステラマリスでバーベキューをすることになった。部屋もまだまだ空きがあるだろうから、上野さんにいえば、全員が泊まることもできるだろう。現地集合、ということで、おおざっぱな地図を描いて渡そうとしたら、だんまりの息子が俺の前に立った。またあの目で見つめ、こんどはメルセデスのほうを、ちら、ちら、とみてやがる。

「わかったよ」

俺はラゲッジルームから自転車を出した。GLAと同じ、真っ赤なフレームのロードレーサー。デローザのヌエヴォ・クラシコ。二十年以上乗りこんだ俺のおさがりだ。さっとまたがるや、息子は信じられないことをした。こちらに振り向き、にっ、と笑ったのだ。

「こいつ、たぶん、そんなにまだ走れないんで、どうか、よろしくお願いします」

「だいじょうぶ」

女性はうなずき、

「西側の斜面はゆるやかだし、また、畑のなかをのぼりくだりするだけだから」

息子の尻を、ぽん、と叩き、ツーリングの列に迎え入れた。そうして、半島の西へつづく海岸線を、ふたたび熱帯魚の群れのように進みはじめた。

道をおぼえるのは得意だから、夕方になれば、息子は問題なく、みんなを連れて宿までたどりつくだろう。デローザにまたがり、ふりかえらないまま、ひょろながい旗竿みたいに手を高々とさしあげ大きく振っている。バスのロータリーを過ぎ、市場の建物の陰に見えなくなったとき、俺は足もとの地面が、波みたいにゆったりとうねり、そして鎮まったのがわかった。

まるいちで発泡スチロールいっぱいの魚、イカ、貝を買った。もちろんダッはわすれない。肉屋にいって葉山牛と、自家製ソーセージ、牡丹の手製叉焼も仕入れなければならない。自転車を出したGLAのラゲッジルームが、どんどん山積みになっていく。知り合いの酒屋でビールを箱で買う。俺自身、胸がいっぱいに詰まった感覚をおぼえ、運転席に乗りこむと、マンボウを押しだす勢いでアクセルを踏んだ。

ウミウシのフィギュアがさがったバックミラーに、手を振るまるいちのひとびとがうつる。みんながみんな、ぴちぴち跳ねる魚にみえる。

俺はハンドルをまわす。GLAは下町から半島の上へつづく急坂を、影をたなびかせ駆けのぼっていく。まるで光あふれる水面めざし、まっしぐらに浮上していく、真っ赤な生き物みたいに。

煙をくゆらせる男

白浜の温泉に行く途中で、男を乗せたのは、親切心からしたことでは全くなく、好奇心から、という気もするがそれも曖昧なところで、結局、どういうことだったのかいまもってよくわからない。息子と孫は先に行って宿で待っていた。砂塵の舞いあがる国道の植え込みに、全身黒い形のものが立っていて、近づく私の自動車に向け、艶のある腕を差しあげた。説明のつかない衝動に駆られ、私はブレーキを踏んだ。

そもそもヒッチハイクなど、日本人の習慣にはないから、あれは、外国人だったのかもしれない。自ら助手席のドアを開け、頭を下げながら乗り込んできて、白浜まで行きたいのですが、途中で降ろしてくれてもかまいません、と黒い形の人はいった。私が自分も白浜へ行くところだ、と応じると男は、アー、白浜ええとこですからね、と急にその辺りっぽい口調でいった。時計を見ると午後一時だった。

アクセルを踏みながら私は、

「どうしてそんな格好を?」

「鯨なんです」

男がいったので、なるほどそうか、とようやく合点がいった。ナスを逆さにしたような青黒い全身、分厚いひれが二本、胸元から突きだしている。鯨の着ぐるみを着ていたのか。

「お祭か、余興かなにか？」

「いえ……帰省です」

それきり私たちは黙った。口調からして鯨の男は二十代、ひょっとして十代後半といった年の頃らしく、今年還暦を迎えた私とでは、さして共通の話題もない。私は冷房のレバーを強にした。外気温は三五度を越えていた。巨大な胸の上でシートベルトはちぎれんばかりに張りつめていた。

「ああ、そういうことか」

男のつぶやき声に私は視線を向けた。

「まだしばらくは、こっちにいてはるんやんか」

何のことだかわからない。着ぐるみのなかで、携帯電話でもかけているのか。私は何かいおうとしたが、いうべき言葉が思いつかなかった。世代の差、というより、自分がいまいおうとしていることは、自分の知っているどんな言葉にも当てはまらず、口に出していうことができない、という感じがし、ハンドルを握り直すと、周囲がやにわに暗くなっていた。トンネルのようだが灯火は見えず、満遍のない曖昧な明かりがうっすらと差していて、その明かりのついた場所を男と私を乗せた自動車はまっすぐに進んでいく。呑みこまれたような、という感覚が襲ったが、それは男の扮装から連想されたことかもしれない。閉塞感はなく、かといって無論、広々とした大地を走っている感じでもない。何かの「内側」であることはまちがいなく、ただそれは即「外側」でもある、といった、昔祖父から聞かされた禅問答のような言葉が回った。

徐々に明るくなってきた。気づくと自動車は陽光の下を走っていた。ようこそ南紀白浜へ、と看板が出ている。時計を見ると午後一時だった。もう一度見ると午後三時を回っていた。隣で鯨の男が身じろぎをした。温泉神社の脇で停めてください、と男はものすごく年老いた人の声でいった。

神社の正面で助手席をおり、男は丁寧に頭を下げた。中心に小穴が開いている。

「えらいお世話かけました。もうしばらくは、こちらにいてください」

と男はいった。声は二十代くらいに戻っていた。神社から離れるとき、バックミラーを見やると、全身黒い男が映った。頭頂部から、ひと筋の煙をくゆらせていた。

温泉宿に入ると孫が泣きながら廊下を駆けてきた。息子が青い顔で現れ、国道でさっきタンクローリーの衝突事故があった、いまもまだ燃えている、といった。

私の心臓

生まれたのは福井の敦賀だった。父の仕事は造園業の下請けで、石の採集のためによく家をあけた。男が五歳の夏、父は山から帰らなかった。男に変化が現れたのはそれ以降のことである。あるとき、農協の売場で鍬を見かけ、幼い彼は即座に、「あ、あれは僕の左手の小指だ」と感じた。同時に、自分がそれまで、左手の小指なしに過ごしてきたことがわかり、どうしても小指を手に入れなければ、という渇望を覚えた。貯金をはたいて鍬を買うと、小指はくっきりとあり得べき場所におさまった。

半年に一度は、そういうことが起きた。店屋で何かを見かけ、それが、それまでの自分に欠けていた部位であることがわかると、貯金をはたき、貯金で間に合わなければ何でもして稼ぎ、結局は手に入れる。周囲の目には奇異にうつった。年端もいかない子どもが、農機具や裁ちばさみ、灯油タンクなどを買いそろえ、部屋に並べて満足そうにしている。外見上、彼の体には、なんの欠落も見えない。男自身、その品に出くわすまで、自分にその部位が欠けていると考えもしていない。灯油タンクは臍だった。ガットギターは胃袋で、帆船の模型は膝の裏の筋だった。それらを入手する前の臍も胃袋も、すべて偽物、正確には、あると思いこんでいたものにすぎなかった。買い物をした夜、男はひそかに鏡台の前で、自分の新しい、正真の部位を見つめた。

中学を卒業すると、乗用車を買った。無免許のまま、敦賀を出奔し、大阪の輸入商社にもぐりこんだ。荷役からはじめ、すぐに在庫管理に携わり、五年も経たないうちに、買い付けを任されるようになった。男には、商品の品質や種類、買い時を見て取る、ずば抜けた鑑識眼があった。また、一度手をつけた仕事は、どんな目に遭おうが手放さない、野犬のような執念をもっていた。二十五歳で自分の商社を構え、宝塚に屋敷を建てた。庭には巨大な石造りの倉庫がある。

四十で所帯をもった。相手はドイツ国籍の若い女性で、「君は私の心臓だ」というドイツ語が求婚の言葉だった（妻はロマンチックな台詞だと思った）。半年に一度、男は妻を連れ、ヨーロッパ、南米、東南アジアを回り、電化製品、食材、骨董品に磁器と、一見なんの脈絡もない買い付けをつづけた。日本に持ち帰るとそれらがたちまち高値を付ける。経済紙の取材にこたえ、男はこう語っている。「商いは、ぜんぶつながってまんね、ばらばらに動くもんやおまへん。全体のな、塊を見て、どこが欠けとんのか見抜くんが肝だす」

七十五で突如倒れた。医師の診断は脳梗塞で、回復の見こみはなかった。真夏のとある午後、ドイツ生まれの妻は、病室の寝台で震える手を伸ばす男の、異様な表情に気づいた。あなた、あなた！　取りすがる妻の顔を、男は見ていない。鋭く光る瞳はまっすぐ天井の蛍光灯に向けられている。

「なんということや……」妻の耳に譫言が届く。「わしの眼や、わしの眼や。あの蛍光灯や。……偽物やった、わしが見てたもんは、全部嘘やった……その蛍光灯、売ってくれッ！」これが最後の言葉となった。

葬儀が終わったあと、妻はひとりで、一度も立ち入りを許されなかった、屋敷の倉庫の鍵をあけた。広大な石の床で、おびただしい数の品物がでたらめに絡みあっていた。鍬に石油タンク、横倒しの自転車、ぬいぐるみ、発電機、等々。脚立を組み、真上から眺めれば、妻にも、それらが全体で人の形をなしていることがわかったかもしれない。中央あたりに、自分の切り抜き写真が置かれていることにも気づいたかもしれない。妻は、目では何も見なかった。ただ、凍るような不気味さを全身に感じ、倉庫ごと、すべての品を廃棄した。

クンさん

大学で知り合ったクンさんと小豆島にいった。クンさんはベトナムからの留学生でとても耳がよく、私や学部生たちよりよほど滑らかな標準語を話す。瀬戸内の方言の差異を研究しているクンさんは、私の母の実家が小豆島にあると知って、是非訪ねてみたいといいだした。冷静で真面目な一方、とてつもなく人なつっこいクンさんの頼みに、私たちは出来ることなら何でも応えた。その人なつっこさに、計算が働いているように思うときがなかったわけではないけれど、その計算は、逆に、全人格的なひとなつっこさから発しているのかもしれず、つまるところクンさんに、私たちには覚えもつかないものにひとりで立ち向かう勇気、覚悟のようなものが、気配としてあったことはたしかで、研究者としてはもちろん、ひとりの人間として、外国人、という以上にクンさんは、私たちの外に、二本の足で立っているように見えた。

フェリーを下りて、坂をのぼるうち、醤油の香気がたちこめてくる。工場の裏手が母の実家だ。「醤油とオリーブと、『二十四の瞳』が、小豆島の名産です」「二十四の瞳とは何ですか」「昔の小説で……」とうろ覚えの筋を話すと、クンさんは妙な顔をした。私は、岬の分校はこの道をまっすぐいったところにあるのだ、といった。「そうですか」とクンさんはいった。

祖母は既に家の前に出て私たちを待っていた。クンさんが近づいてくるにつれ、表情がみるみる硬くなるのがわかった。私は留学生を連れていく、とは話したが、どういう人かという詳しい話は、電話ではしなかった。クンさんの実父は、所在も名前も不明だそうだが、ベトナムを攻めた国の人であることは、彼の外貌からまず間違いのないところだった。クンさんは丁寧にお辞儀をし、菓子折を渡した。祖母は土間の暗がりに足早に入っていった。

その日も、翌日も、祖母はクンさんに口をきかなかった。私は自分がひどい誤りを犯したと思った。三日目の夕刻、クンさんが風呂に入っているとき、私は祖母に、クンさんのことを謝った。なんと言っていいかわからなかったが、とにかく謝った。祖母は頭を振り、「とんでもない。私が病気なんよ」といった。「だいたい、戦争のことなんか、祖母ちゃんよう知らんのよ。ただ、もう何十年も、ずっと音が聞こえよるんよ」「どんな音」。祖母は苦笑し「遠くで、ものすごい大きい声の男の人が、えんえんおらびよるような音」といった。そして、「なんでか知らんけど、外人さんの顔見たら、音が大きなる」といった。そのとき私は、障子の後ろに、クンさんが立っていることに気づいた。祖母は気づいていないと思ったが、本当はわからない。

五日目の朝、荷物をまとめ、玄関まで出てきたとき、クンさんが不意に立ち止まった。祖母に向き直り、「僕にも音が聞こえます」といった。祖母は目を大きく開いて見あげた。なにかをこらえている表情だったが、それはクンさんも同じだった。クンさんは二歩前に出、祖母の小さな体を胸の前で抱きすくめた。私には聞こえない小さな声でクンさんは何かささやき、すると祖母が、クンさんの胸に向けて、小さな声でつぶやきを返した。本当は、ふたりのそんな声は、私には聞こえなかったかもしれない。そのときは、聞こえたと思ったが、聞きたいと思っただけなのかもしれない。

帰りのフェリーで、しばらく黙っていたクンさんに、私はベンチの隣で、何をいっていいかわからなかった。ふと思いつき、「クンさん、『二十四の瞳』の話のとき、なんだか驚いたみたいでしたね」と声をかけた。クンさんは前をむいたまま頷き、「僕の妹には、生まれつき、目がひとつしかないんです」といった。

園子

物心がつく頃には自覚があったと思う。京都で何代も続く、筆職人の跡継ぎだった父は、蔵に残った記録に、私と同じ例が幾つも見つかるといった。どの人も女性だった。紙に字を書くと、その同じ字が、紙以外のところにも模様としてあらわれる。たとえば「あいうえお」と、藁半紙に私の書いた平仮名が、ふすまや障子紙の表面に、淡い染みとして浮かびあがる。母や弟の腕に、痣のように浮き出ることもあった。染みや痣は、数秒経つと吸いこまれるように消えた。幼い私と弟は、私がノートに書いたその同じ字を、そばのどこかに早く見つけ出す、という遊びに興じた。庭の砂地に「どうぶつえん」、天井の羽目板に「おすもじたべたい」、桜の葉の一枚ずつに「あした」「から」「がっ」「こう」。

小学校でも中学でも、私は目立たない生徒だった。内気な上に、もっさりとした風貌だったし、ノートを取ったり板書をするとき、おそらく他の子の肌や窓ガラスに、私の字は浮き出ていたはずだが、その年頃の子は皆、男女それぞれに、ふだんから夢まぼろしのなかで生きているようなものだから、とりたてて騒がれるようなことは一度もなかった。家で試験勉強をしていた折に、屋根へざあっと何か当たる音がして、窓を開けると庭一面、漢字の形の雹が落ちていて、よく見るとどれも当時憧れていた俳優の名で、私は慌てて庭へ駆けおり、靴下のまま雹を踏み隠したりした。私は短大の付属高にあがった。弟は運動がよくできた。中学生でラグビーをはじめ、高校二年のとき、東京の有名大学から声がかかったが、神戸の私立大学に進んだ。私は大阪の食品メーカーに一般職で採用された。

入社した当時はまだ手書きの書類を庶務の女性が印刷部に回していた。私はしばらく経理部にいたので、書く文字といえば数字と名前だけだった。五年目の四月、各部署に一台ずつワープロ機が配られた。数字の管理は、キーボード扱いに慣れた新入社員に任され、私は「レターセンター」というひとりだけの部署へ異動になった。社員がミスを犯したとき、先方に渡す詫び状を、手書きで認めるのが主な仕事だ。薄暗い部屋でペンを動かしていると、周囲の壁は「二度とこのようなことは」や「事態の究明」といった模様でいっぱいになった。八年目の夏、しょっちゅう降りてきていた社員に求婚された。弟は大学を卒業し父の下で筆作りをはじめていた。私と夫は豊中市でマンションを買った。そこで暮らしてもうすぐ二十年になる。

振り返ってみて、起伏のない暮らしだったとあらためて思う。書いた字が、他の場所に模様としてあらわれるといって、それで思いがけない幸運が舞い込んだり、血のたぎる冒険がはじまったり、というようなことは、私の身には起こらなかった。そういうのは映画や小説のなかで十分だ。テレビは見ないけれど、今は家計簿も日記もパソコンでつけている。手書きの字を認めるのは、台所のテーブルに、夫と娘に宛て、書き置きを残すときぐらいのものだ。

ひとつだけ、クライマックスともいうべき場面をあげるなら、十五年前の九月、娘が生まれて一週間後、私は夫とふたり、区役所へ出生届を出しにいった。窓口で少し押し問答になったが、一生残るのだから達筆な方がよいと説得され、書類の空欄に、「園子」と娘の名を書いた。役所の外へ出ると、通行人が立ちつくし、顎を上に向けている。同じほうを見あげ、私は息を呑んだ。冴え冴えと晴れた秋の空に、雁が凝集し、巨大な模様を作っていた。それらはたしかに「園」そして「子」と読めた。やがて群れは解け模様は消えたが、誰かの撮った写真が翌日の朝刊に載った。切り抜いた記事は、今も玄関先の額に飾ってある。

すっぽんレゲエ

クラブの仕事から帰ると、マンションのドアの前の水面に、すっぽんが一匹、浮かびながら待ってた。

「そろそろ、国へ帰る潮時か、と思いたちまして」首を長くのばしてすっぽんはいった。「ほんとうに、いろいろと、お世話になりました」

「そうか。まあ、ひとまず上がったら」

ざんぶり波をたててドアをあける。斜めにかしいだ廊下の途中から、水のかぶらない床が顔をだしてる。三階の、俺の部屋なんざまだましなほうで、マンションの一階二階部分は、大洪水以来、もう五年も水没したまんまだ。

滑らかに廊下まで泳ぎ寄せると、すっぽんは、のてのて不器用に廊下にあがった。身の丈は、甲羅の部分だけで、だいたい五、六歳のこどもくらい。あの大洪水は、俺たちの暮らしばかりでなく、それまで不変とおもわれていた、いろんな物事のバランスを、一夜にして大幅に一新させた。性別に年齢、常識と非常識、生と死、リアルとファンタジー、その他もろもろ。

すっぽんは、お辞儀のつもりなんだろう、ちゃぶ台の上によちよち、両の前脚をのせると、前へ長々と頭を垂らして、

「ご兄妹がいなけりゃ、あたしなんぞいまごろ、ドジョウどものお三時でした。あらためて御礼もうしあげまする」

なんで予習したものやら、妙なイントネーションでいった。とはいえ、俺はなんだか胸がいっぱいな心地がして、配給の真水をコップにそそぎ、はちみつを三滴垂らして、視線を合わせないまんま、ちゃぶ台に、とん、と置いた。

「くみちゃんはいま?」

「ああ、あいかわらずだよ」

俺はこたえた。

「心配はいらない。さっきも施設、寄ってきたんだが、いつもどおり、ふつうに眠ってるようにしかみえない。いや、それ以上かな。なんだか、水のなかに沈んでながら、俺のしゃべってるのが、ほんとはぜんぶ、聞こえてるんじゃないか、なんて思えるくらいでさ」

大洪水の日、水に飛び込んで以来、妹のくみは施設のプールで仮死状態のまま、ほとんど息をせず眠りつづけている。すっぽんは首をちぢめ、またのばし、そうして、

水の下にある宮殿の話をした。こういうまれつきなので、一度お別れするともはや今生では会えない。最後に、これまでのお礼にといってはなんだが、湖水の下にひろがる宮殿に招待したい。呼吸はだいじょうぶ、すっぽんやその知り合いといっしょにいれば、陸上のものでもぱっちり目がさめたまま水中の酸素がとれる。

なんだかきいたような話だが、すっぽんの目は、涙かそれ以上の、真実のうるおいでてらてら光ってる。

「よろこんでご招待にあずかるよ」

俺はいった。すっぽんの顔が喜色にぱっと華やぐのがわかった。

「くみちゃんに、ご挨拶できないのは、こころのこりではありますが」

廊下から水面にすべりおりると、くるっとこちらを振り向き、

「まあ、同じ水のなかですから、伝わるべきことはきっと伝わるんでしょう。さ、あたしの甲羅にお乗んなさい」

やっぱ乗るのか。

「宮殿」は、湖底の、きてれつなかたちに立ち上がる黒々した岩だった。まるで、黒煙がまきあがってるさなか、時間を停止させたみたいだ。光のこぼれる亀裂の前に、おっそろしく派手な色の、ばかでっかい巻き貝が待っていて、泳ぎ寄せるすっぽんに、

「ごくろうさまだったね、五郎」

といった。

「五郎ってったのか」

すっぽんの五郎は照れた風に、

「あたしらは、陸の上じゃ、みんな名前をのみこむんで」

巻き貝は、宮殿のお姫様だった。相対してるうち、俺の目には、ぼやぼやと人間の姿かたちが、らせんを描く巻き貝の上に、フォログラフィみたいにかぶさってみえた。ちょっと古いけどレディ・ガガとか、もっと古いけどグレース・ジョーンズだとか、クィアパーティの伝説の女王とか、だいたいそんな感じだ。巻き貝が泳ぐと、まわりの水はすべてそのらせんのかたちに流れ、水中に棲まう魚や海藻たちもくるくると幾何学状に、心地よさげにくるくるとまわった。お姫様がまわりになにを施しているのかわからなかったが、それはまちがいなく、よいものだった。

宮殿の奥まった岩室に落ちつくと、お姫様は（信じられないことに）鋭くとがった貝殻の先端をくにゃりと曲げて会釈し、

「このたびは、五郎がほんとうに、お世話になりました」

といった。

「なんにもありませんが、どうか、ごゆるりとお過ごしくださいな」

宴は、控えめにいって、ことばにならないくらい、すばらしいものだった。可憐な鮎、堂々としたサンショウウオなど、目になじんだものばかりでなく、どんな図鑑でもみたことのない、ふゆふゆしたかたまり、のびちぢみする魚、無限に色を変えるコケなんかが、水のなかを踊りまわった。途中から、タコやイルカなんかも混じってきたが、真の意味での水の中に、真水やら潮水やらの区別なんてないんだろう。

たいやひらめの舞い踊り、なんて、かんたんにいうけれど、実物は想像を絶していた。真の水中は、いってみれば無重力、さらにタイムレスな世界で、そこを、魚や貝、甲殻類が、生命をほとばしらせて、ゆっくりと、また、光の速さで、踊り狂うのだ。物理的な時間、空間から解放された、究極のブレイクダンス。全身の細胞が勝手にはじけた。はっと気がつくまもなく、俺はこの、生命の汽水域でたいやひらめ、鮎や鮭たちと踊り、抱き合い、つがい、うまれ、死に、さらにうまれなおした。

すっぽんの五郎は、うれしそうだった。五年のつきあいで、これまでみたことがないくらい、リラックスしてみえた。

「レゲエに目がないんすよ」

五郎は顔じゅうに笑みをたたえ、甲羅の縁を優美に揺らせながら、ききなじみのあるラヴァーズでおどった。そういえばジャマイカのシングル盤って、どことなくすっぽんっぽいかもな。ダンスホールものがかかると、四肢と首をひっこめ、水中を浮き沈みながら、テンポを自在にかえ、目にもとまらない速さでまわりつづける。キングストンのギャングスタたちにみせてやりたい。

レゲエだけじゃない、音楽は、ハウス、ヒップホップ、サルサ、その他、なんでも分け隔てなくかかった。考えてみれば、すべての音楽は、音、つまり波だ。水のなかで、お姫様がうみだすらせんのグルーヴを、陸上の俺たちはみんな、遠い記憶のなかでまねしてるだけなのかもしれない。

おもい返してみれば、有名なおとぎ話にあるみたいな、酒池肉林のごちそうはなんにもでなかった。俺はただひたすら、踊りながら水を飲んでた。生き物たちが波打たせ、あらたな鼓動を吹きいれる水。それこそが宮殿のごちそうだった。「たいやひらめの舞い踊り」をみながら舟盛りの刺身をつつくなんて残酷物語と、五郎たちは無縁だ。

いつのまにか宴はおちつき、俺は、お姫様の貝殻に、おいでおいでと招かれた。泳ぎ寄せてみると、黒い漆塗りの箱を渡された。

「これは、おみやげです」

まじか、と俺はおもった。

帰り際になって、なぜか五郎は姿をみせなかった。照れ屋な上、センチメンタルなやつだから、どこかできっとみてるんだろ。

噴きあげた。

「ありがとうよ」

と手を振ると、お姫様はうなずき、そうして貝殻の穴から、らせん状の波を一気に噴きあげた。

気がつけばマンション三階の、ボート小屋の板にすわっていた。きょろきょろまわりをみまわしてみると、湖底にもぐる前と、風景はなんら一切かわっていなかった。念のため自治会の掲示板をたしかめてみると、やっぱり同じ日付の張り紙がしてあって、壁の時計をみても、百年どころか三時間と経ってやしなかった。

手元にかかえた黒い箱は、どうしたって、あけると煙が出てじいさんになって、ってもんじゃない。俺ははっとした。急にこの黒い箱が、もってられないくらいの重さに感じられた。俺は正座し、ひたひたの水がかぶる汀近くの床に箱を据え、組紐をほどくと、両手でささげもって蓋を取りのけた。おもったとおり、なかに五郎がいた。調理しやすいようぶつ切りにされ、血抜きされ、おだやかに目をとじ、口元は笑っていた。すっぽんて生き物の口はいつだってだいたい笑ってみえるんだ。

五郎を食べるなんて、考えつきもしなかった。俺はそうすべきなんだろうとおもった。ひっかかってもがいていた五郎を見つけ、飛び込んだのは、俺じゃない、他ならぬ妹のくみなんだ。マンションの部屋で寸胴鍋に水を張り、五郎のからだを沈めて、ていねいにスープをとった。この上なくすんだ、透明な煙みたいなだしが、わき水みたいにふんだんにあがった。

施設の柵を乗りこえ、プールの水底にもぐった俺は、眠りつづけるくみを片腕で水面へと抱きおこし、五郎のスープをひとくち含ませた。その瞬間、妹は目をひらき、身を震わせてからすっぽん口になった。

ひと匙ずつ、宝物のようにすくい、魔法瓶にいれてもってきた分を平らげてしまうと、くみは両のてのひらを固く合わせ、目をコラーゲンたっぷりに潤ませながら強くささやいた。

「ごちそうさま！　ごちそうさま！」

やっぱり、眠ってるようにみえて、まわりのことがぜんぶ、妹にはわかってたんだ。

「ありがとう、すっぽんさん！」

「名前があるんだよ」

俺はいった。

「五郎さん、って。立派な名前だよな」

翌週くみはマンションに戻ってきた。施設では存在が透き通ってたのが、くっきりと十五歳の輪郭をとりもどしていた。

レゲエのことを話すと、くみは、マンションの屋上へ俺のレコードをもってあがった。ポータブルプレイヤー二台、ミキサー、スピーカーの配線は俺が手伝った。

女性ボーカルのラヴァーズ。屋上の柵に肘をのせ聴いていたくみが、口に手をあて、

「おにいちゃん、あれ！ あれみて！」

目をむけると、マンションに面した湖水のほうぼうが、ドラムとベースのうみだす太いグルーヴにあわせ、ゆったり、ゆったり、と波打ってる。

俺と妹は顔をみあわせ、あたためなおしたすっぽんスープを口にふくむ。音が、波が、スピーカーみたいな胃から全身の細胞にいきわたる。冷蔵庫に保存しきれないくらいのスープを五郎は俺たちに与えてくれた。湖底で宴の途中、お姫様から、五郎はだいたい三万歳くらい、ときかされたことがあった（お姫様はジュラ紀からいるらしい）。ラヴァーズとスープが俺たちのなかでうたい、もつれ、舞い踊る。

深いところで、俺たちにはわかる。すっぽんの味って、音楽を溶かした水そのものだ。

「おにいちゃん、これどうかな」

くみがいたずらっぽく笑い、俺が返事する前に、レーベルの位置がずれまくったジャマイカ盤をターンテーブルにのっける。針が盤面に落ちた瞬間、雷をひっくりかえしたみたいな騒ぎが起き、超バカっ速いダンスホールレゲエのドラム&ベースが、マンション全体を揺らす。たちまち俺の胸元が波打ちはじめる。いや、比喩じゃなく、

ものの たとえじゃなくて、ほんとうに、俺のとっときのハワイアンシャツの胸元が、前へ、上へ、左右へ、ずっこんずっこん動きまくってる。

くみが笑う。俺も笑う。

細い麻紐の先にぶらさがって、時間を超えたリズムで回転しながら、五郎の、淡いクリーム色の頭蓋骨も、まちがいなくいま、かぷかぷご機嫌に笑ってる。

氷の国

わたしたちはぶあついコートをきてマグロ漁実習船の甲板にたっていた。北極の海はあおくも透明でもなく、紫の絵の具をとかしこんだみたいに重たげにかがやいていた。わたしたちのひとりが、目に双眼鏡をあてたまま、ゆっくりと遠くをゆびさした。マグロ漁実習船にみえてこの船には、ふつうの実習船にはない設備がいろいろとそなわっている。わたしたちは甲板からみあげた。みているうち、だんだん、だんだんと、頭がまうしろのほうへかたむいていった。

テーブル状の氷山だった。紫味をおびた白い氷の壁が、視界いっぱいにひろがり、海面にするどくたちはだかっている。船のへさきから、かまきりの腕みたいなアームが二本のび、がっき、と氷壁にくいこんだ。と、甲板の砲台から、ほぼ九十度にちかい角度でアンカーが発射され、きらきらと光るザイルをたなびかせながら、氷山の上へと舞いあがっていった。わたしたちはザイルをにぎりしめ、氷壁をのぼった。ひとりまたひとりと、平らな氷の大地にたどりつくや、ごろりと仰向けになり、青黒い空をみあげながらハアハア息をととのえた。実習船からエンジンをひきあげ、製氷機をひきあげ、測量し、氷質をしらべた。氷山はおあつらえむきだった。わたしたちは氷原のまんなかにポールをたて、わたしたち全員の名をかいた旗をするするとあげた。そうしてEメールで、独立国としての宣言書を世界じゅうに送信した。

氷塊とトナカイの皮で小屋をつくった。実習船の甲板から氷山の上へ、壁面に沿ってエレベーターをしつらえた。わたしたちはそれぞれがちがう特技をもっている。わたしは気象にくわしく、ユアンは低温で育つ植物の専門家だ。ネリは工作機の発明家、畜産家のアンドロは乳牛たちと会話ができる。ひとりだけ、氷原のぎりぎり際にたち、風をうけてゆれながら変な声をあげたり、急に笑ったりしているのは、ンバラという詩人だ。詩人がいつわたしたちにくわわったのかわたしはよく知らない。わたしたちは北極圏の風に吹きさらされながら、目がさめているあいだじゅう手をうごかした。白夜が真上からわたしたちをじっとながめていた。わたしたちは建国の神話をみずからの手でつくっている。十七人の男女と三頭の乳牛、五頭のトナカイ。白い大地に腹ばいになって濃緑色のこけをはっていく。半年たっても世界のどの政府もなんにもいってこなかった。わたしたちは、わたしたちの独立は承認された、とみなし、国の花と国の歌を制定した。国の花はいちばん最初に開きそうしてすぐにしぼんでしまった黒いバラ。国の歌は、たえず風に乗ってきこえてくる、ンバラの奇妙な節まわしと笑い。

一年目の冬、コーリャが氷原の縁で足をすべらせて海へおちた。うすぐらい小屋の焚き火の前で子牛がうまれた。突風で氷の煉瓦が崩れ、三人が下敷きになった。わたしとネリはそれぞれ赤ん坊をうんだ。エレベーターでのぼってきた若者五人が亡命の申請をし、わたしたちは承認した。五人のうち三人はひと月もたたないうちに乗ってきたボートで領海の外へ去った。「黒い鳥」がやってきたのは、三年目の夏だったろうか、わたしとユアンがこけ畑に立っていると、パラパラと豆をいるような音が空できこえ、みあげると、まっくろい影が翼をひろげ、わたしたちのほうへ急降下してくる。タタタ、と別の音がして、こけが一気にめくれあがり、ユアンが口から血をながしうずくまった。それから半年に一度やってきては、真上からでたらめに機関銃をうちまくる。「黒い鳥」は、いつのまにか夜にしのびこんでいる悪夢のようだった。

乳牛の一頭が胸を打ち抜かれたときアンドロは白夜のあいだじゅう抱きしめていた。ネリはウインチと雌牛、若者たちの力をつかって、マグロ漁実習船自体を氷山の上に引きあげると、ブリッジで「黒い鳥」をまった。七月の朝、パラパラとあのいり豆の音が響き、わたしたちは氷の家にひそみ子どもらを抱きしめてすきまから外をみていた。弾をまきちらす「黒い鳥」をぎりぎりまでひきつけ、ネリは最後のタイミングで発射ボタンを押した。砲台からアンカーが飛んでいき、ローターにからんだ。「黒い鳥」はまっさかさに墜落した。ヘリの機内をしらべ、操縦者の母国に抗議声明を送ったが、やはり返事はなかった。

わたしたちの国は、北極の海を自在に遊泳していった。各国の領海ぎりぎりをかすめ、真冬には南下し、にしんやたらをすなどり、こけのスープとともに食べた。そうしてある夏、日光が照りつけ、国土はどんどんちぢんでいった。わたしたちは、氷山にもいのち、寿命というものがあるとはじめて知った。それくらいの勢いで、わたしたちの国はみるみる小さくなっていった。コンサートホール、体育館、はてはプールほどになった。わたしたちの数は、五年前にやってきたときより三十人ふえていた。牛は四頭ふえ、トナカイの数はかわらなかった。わたしたちはひとり、またひとりとエレベーターに乗って、マグロ漁実習船の甲板におりたった。病人も子どもも全員が黒いバラを一輪ずつ手にしていた。そろそろと氷壁を離れる船の上からふりかえった瞬間、氷の粒がぱらぱらと壁ではじけ、パッ、と鉈でわったみたいに氷山はまっぷたつになった。左右にわかれ、紫色の海へ、威厳をもってゆっくりとしずんでいく。もうすぐにとけてしまうわたしたちの国の上に、ンバラの奇妙な節まわしと笑いがたれこめた。甲板のわたしたちはこうべをおとし、それぞれがまるで氷のかけらのような、ささやかな声で唱和した。

森のドレス

夜明け前、少年は祖母の声に、裏の蜜小屋まで呼ばれた。ろうそくの炎のまわりで黄金色の光が充満している。ひとの姿はなく、ただ祖母の声だけが、小屋の天井あたりでゆったりと旋回している。

「わかるね。父さんがいなくなったいま、たまむしをあつめるのは、いよいよ、おまえしかいない」

祖母の声はいった。

「ほんの五千ぽっち、だなんて、あまくみるんじゃない。たまむしは、あつめにきたひとのこころを読むんだ。いいかい、たいせつに、たいせつに、あつかうことだよ」

少年はこくんとうなずく。大きな瓶に歩みよると、ひしゃくを使い、右、つぎに左と、肘から先の前腕に、村に長く伝わる焦げ茶色の蜜を、たっぷりそそぎかけてゆく。姉がいつもそうしていたように、記憶のなかから浮上する、あいまいな笑みを口元にたたえて。もう十四歳。父が先週の土曜、軍服姿で町へ出ていった意味は知っている。

日が昇るまで蜜小屋でうずくまっている。朝日が小屋の床に、窓のかたちの日だまりを落としたら出発だ。たまむしは、光を食べるいきものだ。日が高くなってはじめて、木陰から飛びたつのだ。

腰に袋をさげ、森の茂みを割って歩く。空の高みで、祖母の声がついてきているだろうが、気にはならない。姉、父のあとについて、幾度となくかよった森の道。八つ年上の姉は、村はじまって以来のむしとりと呼ばれた。ひとさし指にほんのわずか蜜をつけただけで、何千何万のたまむしが流れる煙のようにおしよせた。

「たまむしたちも、おねえちゃんが好きなんだ」まだ四歳、五歳だった少年の目からみても、姉の面立ちは雪嶺の上の空のように澄みわたり、いつまでも、いつまでも、時間をこえて見つめていたくなる。粗末な麻の着衣に何万のたまむしが貼りつき、空じゅうに敷き詰めた虹みたいに、ゆっくりと流れていく。

「わかる？　わたし、山を着てる」

胸元の麻布を引っぱりながら姉が笑う。そうして、はいまわるたまむしを指さすと、

「その上に、森を着てるの！」

その場所につく。ひとがこの大陸に顔をみせるより、はるか前から緑陰をおとしてきたエノキの群生。しずかに腕をあげると、黒々と乾いていた蜜が陽光をうけ、やわらかく飴色にとろけだす。祖母の声はとうも前に村へ帰ってしまった。

樹冠の上で、きらきらと、小粒の虹がおどっている。陽光を食むむしたちのうち、においに敏感な一頭が、地面近くからたちのぼる蜜に気づき、まっすぐにおりてくる、そのはずだった。つづいて二頭、三頭、四頭、たちまち上腕は、重たいくらい、虹のきらめきに覆われ、ブラシでこそぎ落とせばたちまち数千のむしが収穫される、そのはずだった。

一頭すら、少年の腕に舞い降りてこない。たったいままで飛びかっていた虹の群が、たっぷりな陽をうけ、縦横に枝をのばす、エノキの樹冠からかき消えている。

そのかわり。

ざし、ざし、ざし。草を踏む音。エノキの幹のむこうから、虹が歩いてやってくる。少年は呆然と、しかし、待ち望んでいたようなきもちで見つめている。ちがう、いまも森にいる。七歳の冬に発した叫びが、喉の奥でこだまする。おねえちゃんが、密猟者にやられたりするもんか！　雪が積もっていた。黒いしみが転々と落ちていた。灰色の、白黒の記憶。

そのなかから虹は、起き上がり、迷いなく、少年めざしまっすぐにやってくる。何万、何億のたまむしが凝集し、ひとのかたちをなしている。すらっと背の高い、十代後半の、若い娘。

虹の娘が目の前に立つ。少年は、かけようとした声をゆっくりとのみこむ。たまむしにはひとのこころがわかるのだ。娘は右手をのばし、少年の頬をさわる。つやつやと滑る木の葉の感触。むしじゃない、少年はおもう、おねえちゃんは、むしになったんじゃない、森になったんだ!

こころを読んだのか、虹の娘が、声もなくしずかに笑うのがわかる。全身の虹がさわさわと揺れ、それと同時にエノキの木々が、森が、山を覆う空、大地が揺れ動く。娘のかたちをなすたまむしの甲は、ただきらびやかに輝いているだけではない。とりどりの色、景色、時間を織り交ぜて光る。はじめて手をつないででかけた森のみずうみ。母と祖母が顔を寄せ合う大鍋の湯気。胸をそらせて大笑いする父の、こんがらがった髭。うまれたての妹の瞳。動かなくなったおじいちゃんの、深い洞窟みたいな目玉。たまむしはひとのこころを読むだけでなく、まるで鏡のように、ひとのこころを映すのか。

「またきてね」

娘は、よく通る声でいう。

「あなたのためにあつめたの」

その瞬間、娘は消える。芯を失ったたまむしの甲が、ざっ、と虹の滝のように、森の緑陰に落ちかかる。

少年はじっとみつめている。最後の二枚、三枚が、ゆらり、ゆうらりと、木陰にたまった光の上に落下する。堆積した光の記憶。少年は森の奥をみやり、目をこすって、わずかにうなずく。そうしてしゃがみこみ、腰の袋をはずして、地面に積もった五千枚の虹を、ひとつひとつ、「たいせつに」拾いあつめてゆく。

郊外へとむかう急行列車の二人掛けシートで、走りゆく窓外の景色をぼっと眺めていたら、隣に短編小説が座った。読むものをなにも持っていなかった僕は、

「あの、すみません」

つい声をかけていた。

「失礼ですが、あなたは短編で、何ページおありなんでしょうか。不躾な質問で恐縮です」

「お気になさらんでください」

短編はくつくつ笑って、

「しょっちゅう聞かれることでね。ただ、一概にも答えられんのですよ。本の判型や字組み次第で、ページ数なんて、いくらでも変わっちまいますからね」

「ああ、そうか、たしかに」

轟音が鳴る。線路を軋ませながら列車はブナ林を割って進んでいく。厚いか薄いか

はともかく、気安そうな短編ではあるし、調子に乗って僕は、一般論として、短編小説は自らの内容をどのように評価するものか訊ねてみた。出来のよしあしについて他の短編と議論したりするか、あるいは、短編界における貧富の差や、序列の制度などあるんだろうか。

短編は今度は、軽く膝を叩きながら、大口をひらいて笑いながら、

「評価ですって？　滅相もありませんや、わたしらの内容なんてどんな風にでも違ってきます、その、読まれかたによってね」

「読まれかた？」

「読んでくださる方次第、ってことです」

短編はからだを軽く曲げてこちらに向きなおった。ページのめくれる音が、ささささ、と見えないところで響いた。

「読者のかたがどこのお生まれか、お年はいくつか、ご健康か、病んでおられるか、ページを開く前にどんなものを食べ、なにを見、どんな心持ちでいらっしゃるか、そうしたすべてがわたしらの芯まで浸みわたり、小説の滋味になるんです。大抵は口になじみますが、甘いときもありゃ、苦みが勝ちすぎなときもある。ご自身じゃ気づきもしないまま、その瞬間の自分を、別の目を通して読んでらっしゃる。短いのはとくにね。小説ってのは小さな『窓』なんですよ」

僕は少し黙った。後部席で、赤ん坊のむずかる声が響く。小気味よい揺れのなか列車は渓谷にかかった鉄橋を渡っていく。短編がいうには、早いところ短編集にでも収まって落ちつきたいのだけれど、作家が昼間から犬猫にばかりかまけていて、なかなか本数が集まらない、こうして鉄道に乗って、作品みずからが小説の材料を採集しにいくんだそうだ。

検札がやってくる。僕の切符にスタンプを押し、短編を見やると、軽く会釈だけして去っていく。

「あのひとも小説好きでね」

深く微笑んで短編はいう。

「乗継の時間に読める、ごく短いものをね、サキとかカフカとか。嬉しいもんですよ。あのひとは小説のなかに、勤勉さ、小宇宙の秩序、スピードなんかを見いだしてる。ちゃんとした鉄道員じゃないですか」

僕は身をよじり、刀で刻んだような車掌の横顔を見やった。彼がいてくれさえすれば、この列車が定時に、滞りなく目的の駅に着くことは、疑う余地のないことに思われた。短編は窓のほうへ目配せをし、え、外を振り返った僕は、大きく息をのんだ。

列車は山間を、高原の街めざし走っているはずだった。それが、窓外にひろがっているのは一面の海岸で、みどり色の波が静かに寄せ、また引いていく。さささささ。しぶきをあげ、汀を駆けてくる犬、そして少年。兄は僕が十三の夏に時化の灘で行方知れずになる。ふるさとの港町はいまでは鎧武者のようなシャッター街と化している。浜の先で、おとなもこどもも入りまじって、ヨーイ、ヨーイ、と声をそろえながら網を引き揚げている。さささささ。銀色のカモメが飛ぶ。船上バクチに負けたボイラー炊きが大の字に寝転んで鼻歌をうたっている。巨大な台風がやってくる。ボイラー炊きの献身で港の船は一艘として欠けず無傷で残る。紫色の煙がひと筋海のほうへ棚引いていく。さささささ。十六の僕は、海でなく都会に出ることを選ぶ。怒鳴る父、頭を振る母、目を合わそうとしない祖母。出発前、三人に別々に呼ばれ、ぼろぼろの札束を無言のままポケットに押しこまれる。さよなら、僕は路線バスの後部席で手を振る。

さよなら、さよなら！

気づけば僕は、列車の二人掛けシートにすわって、遠く行き過ぎる、記憶の風景に手を振っている。

「ね、ひとは誰でも、ページ数を知りようのない、一編の小説なんですよ」

隣で短編の声がする。さささささ、とページのめくれる音を響かせつつ。ふりむいたらそこには誰もいない。遠くで赤ん坊の強い声がする。この車内か、それともあの港町で産まれたばかりの子か。僕は窓に顔を向けた。そして、外を走りゆく風景のなかに、あの汀の少年と犬が駆けだしてこないか、窓辺に片肘をついて目をこらした。

黄

いしいしんじは自動車が行き交う大きな交差点に立ち、信号機に取り付けられた見なれない地名をぼんやりと見つめ、この交差点を、ひょっとしてほんとうに百万遍まわりつづけたら、自分のいまの記憶は元通りになるんだろうか、と思った。しんじの頭のなかは集中爆撃を受けたあとのように穴ぼこだらけだった。

ふと、交差点の北西側にたつ書店の軒下に目を落とす。なんだろう。歩みより、しゃがみこんでみると、人の足にぼろぼろに踏みしだかれたツバメの巣の残骸だった。しんじは胸がからっぽの気分になって、頭を振りながら立ちあがった。すぐ横で、にっこり微笑んでいる丸頭の老人がいる。

「あんた、なんやからっぽの顔したはるなあ。よかったらわしと来るか」

老人はいうと、くるり、きびすを返してなだらかな坂をのぼりはじめた。しんじはどうせ、なんの予定も考えもなかったので、耳にからみつくさらしのような老人の声に引かれるまま、あとをついて坂をのぼりはじめた。

五分、十分、どれくらいのぼっていったかわからない。しんじは時計をしていないし、そもそも何時何分という単位にまったくリアリティを感じたことがない。老人は傾きかけた山門をくぐり、繁みのなかへ足を踏みいれていった。つづいて歩いていくと、すべすべの木目が、まるでたったいま水中から浮上してきたように輝いている寺の建物が、木立のむこうに現れた。

しんじはその日から寺で住み暮らすようになった。本堂に雑巾をかけ、庫裏で湯をわかし、山門の前を掃き清める。寺にはしんじ以外にも、何人何十人もひとがいるようだったが、皆ぼんやりと影がすべっていくばかりで、顔も、はっきりとした声もわからない。ただその日にあるさまざまな予定について、あの老人がやってきて、にこやかな声で告げるだけだ。

京都。しんじは布団にはいりながら、眠りが訪れる前に思う。京都ってところは、たぶん、こんな風にあいまいな影が寄り集まる場所が、けっこう残っているんだろうな。

離れの拭き掃除を任されたとき、灰色にくすんだままなにも描かれていない襖を見るにつけ、しんじの腹の底でなにかがむくむくとうずいた。老人にいって墨と岩絵の具を出してもらい、襖に丸や四角の模様を描きはじめた。模様はどんどん増殖して、畳や、天井の一部までも絵の具まみれになったけれど、老人はやはりただ笑っているばかりだった。

寺の内ばかりでなく、外へも用事ででかける。京都の街は、歩いていると、まるで深さのそれぞれちがう水底を息をつめて歩いていく感覚にとらわれる。ある寺にいったときしんじは、金色に輝く桜の木を、空中に浮かびながら枝をへし曲げて笑う何本もの松の木を見た。それが襖に描かれているものなのか、庭の光のなかに立ちあがった樹木なのか、そんな区別はどうでもよかった。市場を歩いていたとき、ふと見あげると前方から、真っ白な雲のようなインド象が歩いてくる。象のうしろには、同じくらいのサイズの鶏がいて、同心円の瞳で宇宙を見わたしている。しんじは、動物がこんなふうに立っている場所があるのか、と息をのんだ。後ろから、ごろごろごろ、と五百羅漢が音をたてて転がってくる。

さやさや、さやさや、小波の音が響き、男のまわりに金色の木が揺れている。かと思えば、穴蔵のような狭い店から、星のきらめきを思わせるギターのノイズが漏れてきて、しんじはいまどこにいるのか一瞬わからなくなってしまう。

この街京都も何十という火災をうけ、その都度、黄金色の光を放って燃えあがった。それでもまだここに人が住んでいる、その磁力はいったいなんだろう。俺はどうしてこの場所で、光を浴びたまま立ちつくしているのか。

気づけばしんじは、荒涼たる焼け野原に立っていた。寺もなく信号機もなく老人もいなかった。しんじは大きくうなずいた。なにか大きな指でさし示された気がしたのだ。長い手を伸ばし、竹林をまるごと引っこ抜いて、鴨川の流れにひたした。そうして思いっきり振りあげ、北山のみどりをえぐり取ると、そこに東山から射してきた月の光が照りつけ、まるで新緑に突風が吹きつけたかのように空気が青く染まった。しんじは空を見あげ、星々にむけて京都の色を散らした。全身で竹林を束ね、土を、山を、河原をけずり、みずからの身もけずりながら、空間に線を引き、色をのせた。京都であるかどうかさえ、そのうちに消え去り、そこにあるのは無数の、渦巻のような星の光だけとなった。月が高くのぼるころ、しんじは山肌にくっきりと残る大の字の上にみずからを重ね、たったいま自分が光を散らした夜空を見つめながら、えんえんと時を過ごした。

百万遍という交差点に立っていたしんじは、あれ、と思った。自分がたったいま、百万と一回、この四つ角をまわりつづけていたような気がしたのだ。ふと、書店の軒先を見あげると、茶色いかたまりの奥から、耳さわがしい音が、ちらちら、ちらちら流れてくる。なんだろう、背伸びした瞬間、しんじのうしろからナイフのように空気を切り裂いて、ツバメが一羽、茶色いかたまりに突きささろうとした。なかから現れた、一、二、三、四羽の雛たちは我先にと争い、親鳥のくちばしにはさまれた地虫に首をのばす。カッ、カッ、と開かれた口のなかは目がつぶれてしまいそうな真っ黄色だ。

しんじはじっと立ちつくし、カッ、カッ、と明滅する、この世のいちばん底に燃えさかっているような黄色を目に焼きつけた。親ツバメは何度も何度も滑空する。しんじはなんだか目を通して胸がいっぱいになってくる感覚につつまれた。と同時に空腹もおぼえ、この角を曲がっていったところの、あの名物の定食屋で、わらじみたいなでっかいチキンカツでも、ひさしぶりに食うか、そう思い、変わったばかりの信号の音に心臓の動悸を合わせ、白黒まだらの横断歩道を渡りきった。

スモウ

ゴリラ研究の第一人者山極壽一は、基本的に、いつも裸足でいたい、と思っている。大学の重い役職からもようやく離れ、半年に一度はアフリカ現地に出かけられるようにもなった。ここ京都の大学に毎週通いながら、吹いてくる風の中に、かすかなジャングルの匂いを嗅ぎとらずにはいられない。

うちを出て、靴の中の足をもぞもぞとさせながら、大股で歩き、御所を越え、今出川通から鴨川を渡って、京大の敷地まで歩いてくる。学生たちとの会合や飲み会は、まるでシルバーバックが群れの子どもゴリラたちと遊んでやっているようで、嫌ではないが、日本の十代二十代は、ほんまにゴリラでいうたら乳離れするかせえへんかくらいやなあ、なんてことを思う。梅雨の水滴がパラパラと、薄闇の空から降ってくる。モワッと香り立つ湿気のなかに、コンゴやガボンの森からたちのぼった水煙の粒が、ひとつくらいは混じっているのかもしれない。山極はそんなわけで雨がけっして嫌いではない。

京都にいながらにして、どうしてもゴリラのまなざしや息づかいが恋しくなってくると、山極はいつも、御所の、彼しか知らない繁みのなかを歩んでいく。いかにも日本的な、松林の暗がりをぐんぐん歩く。そのうち、みどり色の雲が頭上から垂れこめてくる感じになって、足もとのぬかるみも、ただ土に松葉が折り重なっているだけではなく、ひとの胴体くらいの太さの木の根が四方八方からうねり、まるで木製の海面を足で歩いていくかのようだ。鳥の声も、京都の自然とはまったくちがい、暗闇のなかから虹色の響きがまわりに散らばって土にしみこんでいく。

ここはもう京都でなく、学生時代から慣れ親しんだアフリカの森だと、足の裏が告げている。木々の上で黄色い瞳が光る。胸につかえるような濃厚な霧。ちらり、ちらり、と黒い友人たちの姿がのぞく。山極は声をかけず、ただじっと見守っている。御所の森からアフリカに出るこの小径の存在は、人間では山極しか知らない。しめやかな匂いの空気を吸って歩きながら、いつも口をついて「うた」がでてくる。人間はことばの前に、「うた」でコミュニケーションをとっていたにちがいない。その証拠に、うたいながら歩いていくと、誰もいないはずの小径の先で、ムームムー、ムームムー、と深いハミングのような声がきこえてくるときがある。相手はヒトなのかゴリラなのか、それはどちらでもかまわない。山極がうたい、相手がうたう、そのくりかえしのなかで、徐々に森の霧が晴れてくる。そうして真っ青な空の下で、山極は自分が丸太町通にむかって立っていることを知るのである。

といって、この小径が夢まぼろしというわけではない。通っていった先のジャングルで、不法なハンターや森林の伐採に出くわすことがある。山極は現場のリーダーに近寄っていき、

「オイ!」

と声をかける。

ハッ、と不審な顔でふりかえる相手に、山極はニヤリと笑いかけ、

「おう、一丁、相撲とらんか」

というのだった。きょとんとみている相手に、

「俺が勝ったら、伐採をひと月延ばしてくれ。そっちが一勝したら、日本円で千円やるから」

森林伐採の男たちは、つぎつぎと、日本人としては大柄な山極のからだにぶつかってくる。ふしぎと、山極は負けない。森と一緒にからだが動いてくる感覚がある。七勝すれば伐採は七ヶ月先まで延びる。ただしかし、勝ちっ放しでなく、ちゃんと七敗してたいたいにする。はじめから七千円払って伐採をやめてもらえば、というのは理屈だが、アフリカのひとびとはこういう手のこんだやりかたの方がけっこう好きだし、しかも、七ヶ月の約束も守られるのである。

何本かの論文を出し、国際シンポジウムにも出た。ひさしぶりにアフリカのフィールドワークへ出かけられることになった。御所の小径でなく、大勢で飛行機を乗り継ぎ、現地に車ではいるのである。ゴリラたちは山極がやってきたことがわかるらしく、ジャングルの途中とちゅうで、歓迎の声やドラミングがきこえたし、森の木々自体が笑っているようでもあった。

が、着いた翌朝、森は静まりかえっていた。まるで空から氷水をまいたようで、オレンジ色の火山からもくもくとたちのぼる煙が、空に闇をつくって流れていた。

突然、揺れが来た。ほとんど立っていられない程の横揺れ、それに合わせ、ジャングルが津波のようにもりあがって大地に落ちかかった。現地の男たちが青い顔になって空を指さした。

オレンジの山が震えている。いま噴火すれば、生きものたちはもちろん、この森も焼け焦げ、すべての生命が真っ黒く死に絶えるだろう。

山極は一瞬考え、からだが求めるとおりのことをした。靴を脱ぎ、裸足になって一歩前に歩み出ると、高々とそびえる火山にむかって、

「オイ！　一丁、相撲とらんか」

といったのである。火山は一瞬、震えを止めたようにみえた。現地の男たちは目をみひらいて山極をみつめている。が、アフリカの火山には案外そういうところがあっ

て、不意に山極をみおろすと、

「かかってこい！」

とでもいうかのように、山肌をくねらせたのである。

「ヨーシ！」

山極は火山に飛びついた。そのままガッキと組み合い、両者一歩も動かなくなった。一勝したらどうとか、一敗したらどうとか、そんな理屈を越えたところで、山極は火山を全身でうけとめ、火山のほうも同じように全身で支えているのがわかった。一日、二日、三日経ち、そうして、空にそびえ立った火山は、おだやかに鎮まり、そのサイズは以前より、こころなしか膨れあがったようにみえた。

フィールドワークのキャンプに、一頭、また一頭と、オスゴリラがやってきて、山極の帽子、リュックサック、使っていたシーツ、ウイスキーを飲んでまだ洗っていないグラスまで、まるで赤ん坊を抱えるように片手に抱いて森のなかへはいっていった。それから火山の森のゴリラたちにふしぎな習性がみられるようになった。森林の窪地に、まるく円形に並んですわり、深い声で互いにうたうのだ。オスたちもメスたちも、不安なことがあれば、サッとふりかえって火山をみあげる。それにまた、毎年七月になると、森のどこかに風穴でも空いているのか、白っぽい煙がたちこめてきて、そのなかに妙なリズムの太鼓、笛、金物を叩く音が、みどりのジャングルのなかに響きわたる。

コンチキチン、コンチキチン。

コンチキチン、コンチキチン。

子どものゴリラが目をしばたたかせて笑う。メスゴリラは浮き浮きと腰を揺らす。そしてオスゴリラたちは、コンチキチンの合間に二本足で立ちあがり、それまで誰もきいたことのないような雄々しいドラミングを、ゆるやかに立った火山のほうへ、タタタタタタ、と送るのだ。

チェス

急に蒸し暑さを増した七月の京都に、朝吹真理子が降り立ったのは正午を少しまわったくらいの時刻だった。新幹線をおりた瞬間、湿気の濃さにおもわずくらっとした。やたらと喉が乾き、キオスクでペットボトルの水を二本買って、両方とも一気に飲みほしてしまった。

真理子が京都に来るのはそう珍しいことではなく、多いときは月に一度、大好きな男のところへ通いつめていたし、年に一度は家族でやってきて、一週間ほど、どこを観光するでもなく、あちこちをふらふら巡って過ごす。ただ今回真理子がやってきた目的は、男でも観光でもなく、あくまで自らの「戦い」のためである。

京都の市街は長安という都にならって作られた平城京と同じく、碁盤の目状に道路が走っている、そういわれがちだが、もしそうとするならば、将棋、オセロゲーム、そういったゲームの盤にもそっくりだ、といえるのではないか。そして、真理子の場合はチェスであった。真理子は京都駅を出て塩小路を渡り、京都の人間が忌み嫌っている京都タワーのてっぺんにのぼった。そうして目をつむって息をととのえ、北に広がっている京都の市街をゆっくりと眺めた。京都街路チェス選手権のはじまりである。相手の差し手が、北のほうのどこから盤上を見おろしているのか、真理子は知らされていない。ただ、チェスの進行は、チェスプレイヤー独特の視点と感覚で判断することができる。真理子はまずポーンを七条烏丸の交差点に置いた。相手のポーンが白川と北大路の角にゆっくりと置かれた。

真理子は駒の動きを徐々に京都の東側へ移動させていった。白川通と東山通にはさまれたエリアが序盤戦の主戦場となった。真理子は京都のなかで、三条と四条にはさまれた木屋町のあたりなどは、やたら客引きがうるさく、しかもユーモアに欠けている気がするのであまり好きではないエリアだが、姿のみえない差し手はいきなりルークを立誠小学校の前に打ちこんだ。真理子は下木屋町にクイーンを引っ込めたが、相手はすでに先斗町から、真理子のキングへとナイトを走らせる。馬のいななきが昼でも薄暗い石畳の道にこだました。

烏丸丸太町から御所を抜けて、真理子は、三つ、四つと歩兵であるポーンを動かしていったが、相手はすべて見とおしていたといわんばかりに、大宮御所に通じる門を閉め、キャスリングを阻んだ。ふつうに自動車が走り、学生や観光客がいきかう通りを、何頭もの白い馬、黒い馬、鉄仮面をかぶった手負いの兵士たち、それに、石造りの城などがごろごろ移動していく、そんな喧噪がつづくのだけれど、生粋の京都のひとたちは、別に、見なれたものを見る視線で、おもしろそうにそっちを見やっては歩を進めていくばかりだ。葵祭や時代祭の方が何十頭と馬は出るし、白塗り姿もあちこちで見かける。それに考えてみれば、祇園祭の山鉾くらい、他の町へもっていったらぎょっとされるようなものはそうそうにない。家なのか神輿なのか走るのか、なんでカマキリがついてるんだ、そんな疑問をもたない京都人にとっては、血にまみれた兵士が辻々でぶつかりあう姿など、別にどうというほどのことでもないのだ。

中盤戦の後半、真理子はだんだんと息があがってきた。宮川町あたりに配しておいたポーンたちが、だんだんと骨抜きにされ、役立たずになっていった。ナイトを乗せていた馬たちも、上賀茂神社の森にまぎれてしまってコントロールがきかない。

と、息をのんだ。相手のキングがズズッと御所のなかに入りこみ、皇宮警察をまわりに従えて、いっせいに京都タワーにむかって火のついた矢を放った。タワーは火に包まれ、ポッキリと根もとから折れてゆく。快哉を叫んだ京都人がどれだけいたかわからない。気がつけば真理子は、土の地面に投げだされ、真っ黒い煙に取りまかれながらゲホゲホと咳きこんでいた。

カツカツカツ、蹄が駆けまわる音がする。まわりで響いている怒号は、たしかに記憶の底にある日本古来の響きだ。黒い煙の合間あいまに、傘をかぶった足軽たちの姿がある。矢を胸に突きたて動かなくなっているもの、炎に包まれ焼け落ちていく寺社の門。真理子はいま自分が、ほんとうのチェスの現場へとふきとばされてきたことを自覚した。何百年前の都だろう、火に包まれ、血を吸い、骨と土が混じる、そうしてこの町は成り立ってきたのである。

兵士たちが鉄棒や小刀を打ちつけ合う間を縫い、真理子はすがるようなおもいで鴨川を目ざした。川沿いに、北のほうへいけば、知っている男の家までとんでいくこともあるかも、そうおもったのだった。七条か五条の橋らしかった。木製の構造はすべて燃えつき、真理子は腰を落として、そろりそろりと河原へおりていったが、石くれに覆われた川べりまで来て唖然とした。川は干あがっていた。火のせいか、干ばつなのかはわからない。川筋があったらしい窪みの周囲に、少女や老人、犬、馬たちがうつぶせに顔を伏せて息絶えていた。最後まで水を欲しがったらしく、みなくちびるがタコロになっている。

真理子は信じられないおもいで河原を歩きはじめた。そこここから瀕死のうめき声がきこえる。

「わたしがチェスなんかはじめちゃったから……」

真理子は悄然として歩を進めていく。四条か三条かわからない、やはり燃えかすとなった橋の下から、五歳ほどの女の子がやってきて、真理子を真っ赤な目で見あげ、

「おみず、おみずちょうだい」

といった。

真理子がもっているのは空のペットボトル二本だけだった。

「おねがい、おみず、おみずちょうだい」

おみずちょうだいの声は川筋のあちらこちらから輪唱のようにきこえてきた。真理子は肩にかけていたバッグをおろし、自分の左の人差し指を右手で握りしめると、ギュッ、と力をいれて絞った。絞り、また絞り、さらに絞った。すると指先から、ぽたり、ぽたりと、透明な滴が流れおち、目の前の少女のタコロを濡らした。

「わたしもおみず」

「ぼくも、おみずちょうだい」

真理子は親指、中指、くすり指、小指と握りつぶした。左のてのひらは皮だけの、しょぼしょぼの袋になってしまった。

「もっと」

「もっと」

という声のほうへ右腕をさしあげながら一歩一歩歩いた。煙にまぎれ、顔かたちのみえないものたちの口にすすられて、真理子の右のてのひらもすみやかにへなへなの皮袋と化した。真理子は両の腕を水平に広げ、乾ききった鴨川の川筋を、北へ北へと歩いていった。右肘、左の腕、肩口と、つぎつぎにタコロが当てられ、ちゅうちゅうと滴を絞っていく。

賀茂大橋の下で、真理子はようやくたちどまった。両腕はなく、その立ち姿はまるで頭髪の生えたボウリングピンであった。真理子の意識はほとんどなかった。視界はきかず、音はもうきこえず、だんだんと生きている感覚自体が失われた。鴨川の流れがもとに戻り、ひとびとの活気とともに都がまたよみがえっても、真理子のからだは河原にぽつんと立ち、あまりにも当たり前のようにずっとそこにあるので、そのうち橋や河原を通る誰も、透明な標がそこに立っているかのように、まったく気にしなくなった。

二〇一三年七月六日、朝吹真理子はチェスの終盤戦、ぎりぎりのところで踏みとどまりながら、視界の隅に、なにか光る小さなものがあるのに気づいた。

京都タワーからじっと凝視する。はっ、と息をのみ、指をのばして摘みあげる。いったい、いつからそこに、そのまま放置してあったかわからないが、鴨川の豊かな流れの端に小さな、見たこともないかたちのチェスの駒が立っていた。真理子は摘みあげたそれを百万遍の交差点中央に、はじめからそこが置き場所と定まっていたような勢いで置き、すると、ふっと自然に浮かべたタコロから、滅多に自分ではいわないひと言が転がり出た。

「チェック、メイト」

北のほう、鞍馬山のあたりでなにかがザワザワ騒ぎ、そうして銀色の物体が天高く飛翔していくのがみえた。真理子は百万遍に置いた駒をもう一度見たが、もう目に見えない姿になっていた。だからといって何もないというわけではない。とくにこの町では。真理子は、自分が勝った、というより、水となった京都がたまたま自分のほうへ流れてきたんだ、とおもった。季節のハモ落としとやわらかすぎるうどんを食べると、新幹線のぞみ号に乗って東京へ帰った。

野性の馬

私の祖父は桑畑のところで馬に食われて死んだ。四国の山中ではまだそういうことが起きるのである。

桑畑の他にも祖父は栗林や、貯水池つきの田圃を数町保有しており、生きているうちはあちこち目を光らせてもいられたが、死んでしまったとなるとなかなかそうもいかない。近隣のものらはみな手癖が悪く、てろてろの袖で唇を拭きながら、栗をむさぼっている様が祖父の目にうかんだ。祖父には男の子どもがおらず、女の子どもがひとりだけいた。娘は十七歳だった。祖父は下の村の庄屋の息子を婿に迎えることをおもいついた。内臓はからっぽ、足の骨は粉々のまま、祖父はムクリと起きあがり、両腕でからだを支えながら、下の村へ、ずるずると這っていった。

下の村の庄屋は子だくさんで、息子や娘をホウセンカの種のように飛ばし、周囲の村を血縁で束ねていた。庄屋にはそれまでに様々な経験があった。血にまみれた祖父と板の間で接見し、事情をきくや軽くうなずき、持参金はつけられないが、三男はとにかく目がいいので、林や田圃の監視にはぴったりだ、といった。祖父は唇の端をねじあげた。庄屋の家を出、ずるずると坂をのぼり、茅葺きの自宅の敷居を越えると、土間で糸をつむいでいた娘が飛びすさり悲鳴をあげた。

「婿をもろうてやったけん」

「そんなんいらん。おとうちゃん、それでどうやって生きておられるの」

祖父は口をつぐんだ。娘はむしろを開き、ぐにゃぐにゃになった自分の父を乗せた。

「婿て誰なん」

「庄屋の三男坊やが」

娘は唖然と口を開き、父の肩をぽかぽか叩こうとしてどこが肩やらわからず、半べそをかきながら飛びはねた。

「好かん好かん」

娘は叫んだ。

「あの三男坊だけはどうあっても好かん」

庄屋の三男坊はたしかに目はよいが、獣のような笑みを浮かべながら、ふんどしの隙間からいちもつをダラリと垂らしているような男だった。つい先まで、小動物だけが慰み相手だったのが、婿入りのことを告げられ、その気がわいたらしい。娘の出歩く先へ、三男坊は先回りし、ヨウ、ヨウ、と馴れ馴れしく声をかける。ふだんダラリとしたいちもつが春の枝のようである。娘は泣きそうな顔で逃げるのだが、三男坊は大股でついてきて、前から真横から、ヨウ、ヨウ、という。土間に飛び込み後ろ手に戸を閉める。父はむしろの上で赤い目をむき、どうして入れてやらないのか、と娘を声高に叱る。ドスン、ドスン、戸が揺れ、外でドッと子どもらの笑い声がする。アレで叩いとる、アレで叩いとる！　娘は耳をふさぎ土間にすわりこんだ。

夜明け前だった。三畳間で薄目をあけ、布団から身をもたげると、棒をさしてあったはずの木戸が、音もなく、スゥと開くのが見えて、馬がはいってきた。蹄の音もなかった。何頭も何頭もはいってきては、口にくわえた白い山椿を、祖父のからっぽの腹に、次々とさしいれた。白かった椿が次第に赤くなるとともに、祖父の血の気は失われ、やがて真っ白になった。馬の一頭が娘を見た。娘はその馬に迷いもなくまたがった。

村はずれで三男坊は、目を爛々と開いて待ちかまえていた。正面から襲いくる馬たちを見つめながらハアハア笑っていたという。紙くずのように巻きこまれ、股間をずたずたに踏みつぶされた。桑畑や田圃はすべて庄屋のものとなった。

馬たちは瀬戸内海を渡った。風の強い季節だった。一頭、また一頭と波間に消えたが、娘を乗せた馬はとりわけ屈強な馬だった。娘は馬の背につかまり、共に海を渡った。尾道あたりに上陸し、山陽道を駆けているとき、本を読んで歩いているものを跳ねとばした。私の父になる男だった。

オリーブの木

うちの舌うどんやけん、アケミはそういって口を開いてみせ、覗くと白いうどんがとぐろを巻きそれがつるつるとこちらへ垂れてくる。俺が息をのむとヒャハハと笑い、するするするッとうどんをすってごくりと飲む。しどけなく倒れこむ。アケミはそんなような女だった。うどんだけでなく海老、くずしなど、讃岐名物をなんでも舌に貼りつかせ、うちの舌、といって客をからかうのが癖で、そんなアケミの舌は舌として働くときものすごい動きをした。俺はよく知っているがいっても誰も信じないだろう。アケミは丸亀楼三階の畳の縁が桃色の座敷から遠浅の海を眺めては、世界一や、世界一やけん、と自分のもののように自慢していたが、朝靄のむこう、折り重なった灰色の島影に一気に斜めからの朝日が射し黄金色に浮かびあがらせる様は、世界一かどうかは置いて、この世の奇景、一種の眼福と呼ぶにじゅうぶんふさわしかった。

俺は材木問屋をしていたが瀬戸内の海を丸太を連ね小豆島、淡路島、そして明石と渡していく筏船団の団長もしていた。平らかな海なればこそ、全長三キロにもなる筏の先端の丸太に乗り、腕組みなどし、悠々と渡っていくこともできたのだが（左右の端と最後部に発動機がとりつけてある）、ある日大きな横波が襲い、オウとしゃがみ込んでやりすごしたあと顔をあげると、まるで移動していく工場といった趣の灰色の船体が海を押しのけるように南下していくのが見え、俺たちはオウ、オウ、と大波が来るたびしゃがんだ。

明石から戻ると、町の本通りを灰色の服の男たちが行き来し、何か書いたものを手袋の手で配っている。服は灰色だが表情は皆やたら明るく、話している言葉はラジオやテレビの発音だ。俺は字が読めないので丸亀楼へあがりアケミに読んでもらおうとしたら、もう四人ばかり紙を手に集まっていて、アケミが読んでくれるのを階段の下で聴いている。たーい、よーう、エト、こーう、はーつ、でんっ、とアケミはいって首を傾げ、桃色の舌が考え込むようにとぐろを巻くのがくちびるの端からちらちらと見えた。問屋の集まりでよくわかったが県は財源確保のため電力を作って国へ売ることにしたのである。年間通して日照時間の長い海沿いは塩作りが盛んだったが、全国の製塩業者が屋内で作るようになり、県の金庫は埃ばかりになっていき、日照の長さに目をつけた太陽光発電の団体と不動産会社が、県に共同開発をもちかけたのだった。四角い太陽電池パネルは丈夫で野外にほぼほったらかしでも三十年は余裕でもつ。財源というほどの電力を得るには、元塩田だった浜と沖合の島々に南向きつまり町に向かい合わせて、パネルをさしあたり五千枚は並べなければならない。工場みたいな灰色の船はそのパネルを三百組み合わせて造られていた。

太陽が照ってさえいれば勝手に儲かるというのは嘘みたいな話だが、大阪の姪や親戚らは、へーえ、エコやん、と変なことをいって感心もするし、もと塩田業者らも草ぼうぼうの荒れ地を何十年借りてもらえるのだからひとりとして反対しない。議会で本決まりになるのは確実にみえたが、女たちが騒いでいるというので丸亀楼へいってみるとオバさんがたすきをかけて長い棒をもっている。オバさん何の棒ときくとシエエエッ、といって気合いをいれたのでア、薙刀かとわかった。反対騒ぎの発端はアケミだったそうだが、座敷に風を入れようと障子をあけたらぎらぎらの電池パネルがみっしり据えてあるなど塩っぽくてまったく興ざめ、という理由で店じゅうの女が反対にまわり、賛成の男はツケお断り、どころか溜まっている払いを即座に貰い請けると宣言したものだから大混乱になった。しがらみのない者が談判にいくことになり太陽光発電団体の書記が名乗りをあげたが、明朗な教師顔で仕立てのよい背広を着ている。

俺たちは店の階段で待っていた。広間からか三味線と端唄が流れてき、賛成でも反対でもない漁協や釣り船の男らが手を打ちならして騒いでいた。小一時間経ち、階段を教師顔の書記が降りてくる。シャツははだけ下半身は下着一枚、眼球は白く濁り、口から胸にかけてべっとりと血まみれだ。俺は三階に駆けあがり桃色の畳の座敷へはいった瞬間アケミが欄干から庭へ飛び降りるのが見えた。庭石で首の骨を折って即死だった。教師顔の書記は舌を根元からちぎられ一生アウアウと話すようになったので、どっちが先に舌を入れようとしたかはもう誰もいうものがない。身よりのないアケミは浜の松林で土葬になった。

葬式の三日後日雇いのヒサが呼びにきて店のものといっしょに浜へ走った。海辺の景色は一変していた。黄色味を帯びた幹が何十本と砂を割りいまにもぐんぐんと伸びていて緑の葉が花火のようにそこいらでパッパッパッとひらく。映画の早回しを見ているようでそして俺たち自身は静止画像のようで立ちつくしているうち浜全体が緑の樹冠で覆われてしまった。みると沖の島の浜でも同じようなことになっていて、俺は材木問屋だが見たことのないどれも同じ木で、すると船会社の若い女がスーと隣に降りてきてオリーブの木だとささやいた。俺のいまの女房である。

木を伐採して発電パネルを並べるのは可能だったし飲み屋でそういう者もいたが実際はやらず、そのうち発電のことは静かになり灰色の船と男たちは港から消えた。瀬戸内の浦に太陽は前と同じくふりそそぎ浜を埋めるオリーブの木々はいっぱいに枝を広げて空の光を存分に浴びる。目を細くして見ているうち俺はだんだんとこの林は、砂の下で横たわるアケミのあの舌が伸び、くねり、広がってできたもののような気がしてきた。うちの舌オリーブやけん。ばあさんが子供が木陰で弁当を広げ鼻歌をうたい、一枚一枚の葉が舌先のあの粒々のように黄色い陽光をころころと受けとめる。女房が腕をからませて笑う。県の財政の見通しはなにも立っていない。

エヘン窟

早朝の瀬戸内海を船で過ぎていきながらブルーノ・タウトはこれは世界でもっとも美しい景色であると深くおもい、意識しないままスケッチを残したが、自分でその紙をとっておこうとしなかった。昭和十年の春だった。祖父はその紙をもっていた。祖父は結婚した相手、つまり私の祖母にもらったのである。昭和十年の四月、その日、祖母は外国語の勉強をしているうら若い娘で、瀬戸内の朝を過ぎていく船の甲板で、しずかに歩きまわるブルーノ・タウトの横顔を見かけ、ふつうの日本人女性があまりやらないことをした。祖母は祖父と結婚してからも他の女性があまりやらないことをよくする女性で、資生堂のカレーライスにじゃぼじゃぼとウスターソースをかけてみたり、七十を過ぎて膝小僧が丸見えのスカートをはいてみたりと、孫の私からみてさえ、ようやるわと苦笑させられるようなことが数多くあった。祖母はあんパンをもっていた。乗船前、家の手伝いに作らせたものであった。祖母はロングスカートを巻き上げながら船縁にたたずむブルーノ・タウトに歩みより、あんパンの真ん中を割いて片方を差しだすと、日本語で、たべり、といったのである。ちょうどそのとき朝の日がのぼった。それは島影のあいだからまっすぐ甲板へと伸びてきた。ブルーノ・タウトは右の頬を黄金色に染めたこの少女と瀬戸内海ほどすばらしいものはこの世界のどこを探してもないと確信し、胸がいっぱいになった気がしたが、それは実際のところ生まれてはじめて食べた、小豆あんの詰まったパンのせいであったかもしれない。

ブルーノ・タウトは東プロイセン生まれの建築家で政治的な事情がいろいろあって日本に滞在することにしたのである。祖母は旅行先の大阪から高松へ渡るところであった。祖母の名は「はる美」といった。はる美はブルーノ・タウトの顔を見あげながら得意げに笑い、ハウ、アー、ユウ、といった。ブルーノ・タウトは早口の、プロイセン訛りまるだしの英語で、とてもとても調子はよろしい、あなたのような人と朝から会えたので、で、あなたの調子はいかがでしょうか、といった。はる美は啞然となった。なにをいっているやらさっぱりわからない。家にはもう二年も家庭教師を通わせているのに。商船会社の叔父から、雑誌だってとりよせているのに。はる美は悔しくてうっすら涙ぐんだ。少し間をとり、事情を察したブルーノ・タウトはゆったりとした仕草で、スケッチブックから用紙をはずし、裏返したそこへ鉛筆の字でMy name is Bruno Taut. とかいた。はる美の顔に輝きがもどった。My name is Harumi Shiota. Shiota とは塩田の英語表記で、塩田ははる美の名字で、はる美の家はもともと、瀬戸内の島々の塩田を取り纏めてきた大きな商人であり、そのようなこともはる美は紙の裏にしるし、ブルーノ・タウトは眩しそうな表情で白い手の動きを追っている、というようなことが、昭和十年の四月にあった。

私は今年平成十九年の四月直島にいった。直島は香川県に属する人口三千人あまりの小島で、とある企業の文化活動として、地中に埋めた美術館や、古民家と融合させた芸術作品などが、集落や山に作られ、年間十数万人の観光客を集めている。私もそのひとりだった。直島へは岡山県の宇野港か香川県の高松港か、どちらかからフェリーで行き、島の位置はほんとうは岡山にずっと近いのだが、私は大阪からの電車で終点の高松まで行き、そこからフェリーに乗った。宇野港からは二十分、高松からは四十分。直島は瀬戸内海がもっとも狭まった場所に収まっている。

高松から乗ったフェリーの甲板に出、私は持参したサンドイッチを食べようとおもった。家の手伝いに作らせたものではなく、高松駅のキオスクで買ったものである。トマトとハムとツナサンドだった。甲板に出、丸いプラスチックのテーブルに新聞を敷き、では、とサンドイッチの袋を破って不図顔をあげた私は、あ、とおもった。自分の正面、船の右舷を、円錐状の島が、ゆっくりと移動していく。実際は船が動いているのでそう見えるのだった。それは幼い頃、祖父の部屋に遊びに行くたび、日に何度も見あげることになった島のかたちだった。祖父は大阪で四十五年間建築士をしていた。祖母の荷物のなかに、そのスケッチ画があるのに感激し、額装して、仕事場の壁にかけたのである。祖父は家の最寄りにある駅舎や有名な百貨店の設計を手がけた。それらの図面はすべて、ブルーノ・タウトのスケッチ画に見下ろされながら祖父の手で描かれた。私は祖父からひらがなやカタカナの書き方を教わった。模造紙に向かい、私をあぐらに載せ、私の右手を後ろから握り鉛筆でぐいぐいと書く。私は「み」や「る」などの字が好きだった。鉛筆と自分の手と祖父の手が同時に円弧を描くのが楽しかったからかもしれない。ブルーノ・タウトのスケッチ画のように、私は、私の頭頂の上に祖父の目があって、私のすべてを見下ろしているのを、たしかに感じていた気がする。

直島から大阪の家へ帰りついて私は、手を洗い、祖父の仕事場へむかった。祖父はここをエヘン窟と名付けていた。いまは書物や贈答品をしまっておく物置のような部屋として使われている。注文主はやたらエヘンエヘンといばりちらし、設計図を引く側は偏屈ものばかりだからエヘン窟、と生前の祖父はいっていた。祖父は五年前に亡くなった。喉頭ガンで、検査で発見されてから八年生き延びたのだった。エヘン窟にはいるのは祖父がなくなってから私ははじめてである。部屋は薄暗く、古いインキと雨の日のようなにおいがした。パイプの残り香も漂っていたかもしれない。部屋が薄暗いのは天窓の鎧戸を閉めたままだからだ、と私は気づいた。私は鎧戸を開けないでおこうとおもった。黄色い電球を付け、製図机の脇にしゃがんで、棚の観音開きをそっと引きあけた。

銅とガラスで特注で作らせた額に、直島のそばの島影は、数十年前と変わらずおさめられていた。その島影が、ブルーノ・タウトの手によって描かれたのは七十年前である。スケッチは鉛筆なので、灰色の微妙なグラデーションで描かれてあるが、私はそこに瀬戸内の島独特の深い緑色がちらちらと漏れているような気がした。私は額を裏返し、ねじをはずして、固定用の薄板をとった。スケッチ画の裏の、ぎっしりと書き込まれた鉛筆の文字があらわれた。ブルーノ・タウトと塩田はる美が七十年前の朝とりかわした会話の跡。ふたりの筆談はいったい何時間におよんだのだろう。自分の目で、スケッチ画の裏を見るのはこれがはじめてだった。祖父は一度も見せてくれようとしなかった。筆談のこと自体、祖父が亡くなったあと、祖母の口からきいたのである。ブルーノ・タウトの筆跡には音符が並んでいるようなリズムがあった。いっぽう祖母の字は、日本の田舎の少女が、家庭教師に習っておぼえたことが明らかにあらわれた、洋書の表紙のような筆記体だった。紙の四隅までびっしりと、方向もでたらめに、書かれてあるので、ブルーノ・タウトと祖母の会話を再現することは難しかった。「秋田には行ったことがありません」「子どもたちが鳩を捕っている」「めだかはどうですか」「虚無僧になりたいと思ったことがある」。祖母は頻繁に、単語の綴りを間違えている。When will you be back to your home contory ? は、country の間違いだろう。あなたはいつ母国にお帰りですか。I have no idea. と、珍しくすぐ真下に、ブルーノ・タウトの書き込みがある。私はそれがいつか知っている。スケッチ画とこの筆談が描かれた翌年、昭和十一年の十月、ブルーノ・タウトは日本の下関から釜山に渡る。そして長い西への旅のはて、十一月十日にイスタンブールへ着き、アンカラ大学の校舎など、数多くの建物を手がけるが、二年後のクリスマスイブ、彼の地で亡くなる。彼が母国に帰ることはなかった。祖母は祖父が死んでから二年後、祖父の命日に亡くなった。高松の実家でなく、大阪の病院だった。

私は夜更けまでエヘン窟の床に膝をつきブルーノ・タウトと塩田はる美の筆談を見つめた。祖父の頭上にかかっていたスケッチ画を見つめ、直島のそばの島におもいをはせた。私と祖父、祖母、そしてブルーノ・タウトのたどった旅程のそれぞれの線が、重なったり、からみあったり、離れたりする様が頭に浮かんだ。私は長い旅の終わりの場所に膝をついて祈っているような気がした。

船

妹の、浅い寝息がきこえる。背中から。ごうごうひびくエンジン音より近く。消灯してまだたった一分ほどしか経っていないってのに。

それとも、三分。十分。一時間。わかんない。暗い天井をみつめ、どれほどのあいだじっとこうやってるかって実感が、正直、ぼくにはない。

ぼくにはみえる。灰色の闇に穴があき、夜より黒い海水が、どっとかたまりをなして流れこんでくるのが。荒波の打ちつける船体は斜めにかしぎ、やがて真横に、さいごにはさかさに引っくりかえって、冷たくなった三千のからだを内にたぷたぷ収めたまま、でたらめにさかまく波に運ばれてゆく。

さかさ、ってことは、二段ベッドの上のぼくは下に、下の妹は上に。隣のベッドの上のとうさんは下に、かあさんは上に。でももうその頃には、向きを判断する力なんてぼくたちにはなくなっていて、ぼくたちはただ、黒い流れに運ばれ、上も下も右も左もなく、ただよっていくばかりなんだ。生きているのかそうでなくなっているのか、それさえも区別できない、あいまいな闇にとりまかれて。

寝返りをうつ。エンジンのひびき。ドアの隙間から光が漏れてる。だいじょうぶ、知らせにいかなくたって平気。船長も航海士もみんなわかってる。だからさっき面舵をきって航路を変えた。取り舵だったかも。また寝返り。そのとたん、客室に水があふれてくる。一段目の妹とかあさんをひたし、二段目のぼくととうさんをひたし、そうして天井まで達すれば、部屋は黒い液体でできたつみき型の立体となる。最初っからわかってた、僕が教えにいかなくちゃなんないって。だからこうして、パジャマになんか着替えず、半ズボンとワイシャツのまま、こっそりシーツの間にもぐりこんだ。

わかってた、タラップをあがるとき、全身黒ずくめの男が、甲板からこっちへ、ひとごみを押しのけて駆けおりてきた。汽笛に混じって、カモメでもカラスでもない甲高い鳥の声が、姿をみせないまんま、そこらじゅうで響いてた。バイキング形式の晩ごはんが、この世の終わりってくらい豪華だった。

なにより、ぼくにはわかるんだ。二十四時間後のぼくが、どこで、どんな姿になってるか。

幼稚園の、年少のころからそうだった。親戚の家に出かける前の晩、こんな風に横たわっていると、朝の蒸気が白く吹きあがる駅のコンコースで、迷子になってさまようぼくの姿がありありとみえた。遠足の前の日には、机の引き出しの薄闇に、雷雲からリュックサックの金具に落ちるギザギザの稲光がくっきりみえた。ぼくは気をつけた。駅のコンコースでとうさんの革ベルトを離さなかったし、リュックサックからは金目の部品をそっくり取りはずした。そんなの、ほぼ毎日のことだ。ぼくには次の日の自分がみえる。闇の海でおぼれ死ぬぼくを、ぼくは、ぼく自身の手で救わなくちゃなんない。

長い廊下に、白すぎるくらい明るい蛍光灯がならんでる。歩きながら、乗船してすぐに背伸びしてみた、船内の見取り図を思い返す。ぼくたちのいる二等船室は、デッキからみて二層下にあたり、船長に会うためにはデッキから、さらに三層のラウンジをあがったブリッジか、船長室までたどりつく必要がある。前に読んだことがあるけど、ああいった見取り図には、海賊の乗っ取りを警戒して、船長室の場所は描かれてないものなんだ。

鉄階段をおりてくる音。息をのみ、配電盤の陰にかくれて耳をすます。足音はこの階を通り過ぎ、さらに下の層へ、ゆっくりと遠ざかっていく。廊下を五メートルほど進んだところにその階段があった。足音を殺して上へのぼっていく。白い天井で集魚灯みたいなランプが揺れてる。

一等船室のフロアを過ぎ、展望デッキに着く。窓際にならんだベンチにも、案内カウンターにも、ひとの姿はない。たぶん夜十一時過ぎ。エンジン音は二等船室できくよりよほど低く、ホテルの冷蔵庫みたいなうなり声を発してる。そのあいだに、きこえてくる音があった。こんな夜中に。ぼくは口をつぐみ、展望デッキの後部、ダイニングルームへつづく布張りのドアに、左耳を押しあてた。ききおぼえがある。ゆったりとした三拍子のピアノ。あがったり、さがったり、ゆるやかに流れていく。ロシアの有名な作曲家が書いた、船のうた。

そっとドアを押す。音が一気にあふれかえる。ピアノの音が指でさわれそうだ。テーブルと椅子はすべて片付けられ、がらんとなったフロアに、シャンデリアから、雪みたいな光が照り落ちていた。ステージ上のグランドピアノ。ぼくに背中をむけ、男がひとり、両肩をゆったり波打たせて、船のうたを奏でていた。男の服装に、ぼくは、つばをのむ。船長にまだ知らせてもいやしないのに、ぼくは、タラップを駆けおりてきた、あの黒ずくめの男に出くわしてしまったのだ。

「眠れないのかい」声がした。男は演奏をやめ、座ったまま足を組みながらこちらにふりむいた。悪い夢みたいだ。男は黒いタキシードを着け、銀色の髪をオールバックにした中年男で、そして、鼻に赤いボールをくっつけてる。安サーカスの道化みたいに。

「花の香りを嗅ぐと、リラックスして寝つけるっていうぜ」

左のてのひらで口をなでる。次の瞬間、男の左手には赤いバラの花が握られていた。手首をきかせてスッと投げる。バラは空中を、導火線を伝う火のように飛んできて、ぼくのシャツのポケットにまっすぐ刺さった。ぞっとし、ぼくは後ずさった。

「悪かった。怖がらせちまったかもな。なんのこたあない、おれは手品師さ。プログラムを見なかったかな、明日の午後、このステージでショーをやる」

男は両手でからだじゅうあちこちさわりまくった。そのたびバラの花が次々に飛びだし、男の足もとへ落ちた。バラの花をかきあつめると、男はそのかたまりを両のてのひらでぎゅっぎゅっとこねた。手をひらくと、真っ赤なコンゴウインコがあらわれ、ケ、ケー、と馬鹿みたいに啼いて飛びあがり、よくよくみれば安っぽい、シャンデリアの端っこにとまった。

それからも手品師は、さまざまな技を披露してくれた。離れた場所で指を動かすとピアノの鍵盤が動き「船のうた」を奏でる。シャンデリアから飛びだしたコンゴウインコが破裂し、何十もの赤い風船が降ってくる。手品師が飛ぶ。ぼくも宙に浮く。見つめ合いながらシャンデリアのまわりを、黒と白のボールみたいにくるくるとまわる。

「タラップを駆けおりてったのは、あれは、船会社の待合室に手品のタネを忘れたからさ」と、手品師は、また現れたコンゴウインコの喉をなでながらいった。「手品は、退屈な現実に驚きと笑いを加える、ちょっとしたスパイスだ。でも、きみの目もたいしたもんだよな。二十四時間後、この船が沈むのがみえるなんて」

「そうなんです」と、ぼくはいった。「早く船長さんに知らせなきゃなんない」

「無視されるのがおちさ」手品師はいった。「大人ってやからは、驚きと笑いってものが、ぜーんぜんわかっちゃいないからな。でもさ、知ってるかい、二十四時間後の現実にだって、手品ってやつは、マジきくんだぜ」

ステージの道具箱から手品師は食事用のナプキンをとりだす。口笛で「船のうた」を吹きながら四つに、二つに、と折っていく。

「ごらん」手品師はぼくの前に、一本煙突の、客船のかたちに折ったナプキンをぶらさげる。

「それがどうしたの」

「ポケットのなかをみてみな」

何気なく手をさしこみ、引っ張り出したものをみてぼくはあっと叫んだ。洗い立ての白い布地に、青いイニシャルの刺繍。まちがいない。ぼくのハンカチだ。そして、手品師の折った目の前のナプキンと同じ、客船のかたちに折りたたまれてある。

「それがポケットにはいってるあいだ、この船は沈まない」と、ほほえみながら手品師はいった。「おれも、ナプキンをこのまんま、道具箱にしまっておく。ふたりだけの約束だ。おれたちだけでこの船を救うんだ。わかったかい。さ、わかったらもう、ベッドに戻りな」

そういって手品師は赤いボールを鼻からはずし、僕の鼻につけた。

夢のなかを歩いているような気分でぼくは歩を進めた。ダイニングルームを出、展望デッキを抜け、鉄階段をおりて二等客室フロアへ。なにも考えないまま、船室のドアを開き、後ろ手にしめる。薄闇のなか、妹ととうさん、かあさんの寝息がひびく。エンジン音はさっきより遠のいている。ドアの隙間から漏れる光。だんだんと目が慣れてくる。僕は赤いボールを鼻からはずし、握りしめたまま、二段ベッドのはしごをのぼった。青白いシーツが闇に光ってる。

どこかでピアノの音が鳴った。

ベッドをのぞきこんでぼくは、あやうく落っこちそうになって、すぐに、こみあげてくる笑い声を飲みこんだ。ベッドの上の、さっき踏み脱いだはずのシーツは、一本煙突から煙を噴きあげて、堂々と海原を進む、船のかたちに折りたたまれてあったんだ。

おとうさん

「おとうさん」は、毎日、踏切や水道工事の現場やコンビニの前なんかに立ってる。通学の行きや帰りのぼくたちに、

「お、げんきか！」「あっちゃむいてあるいてちゃあ、その鼻ぶっつけるぜ！」

なんて、野太い声をかけちゃ、エヘラエヘラ笑う。丸めた紙くずや空き缶を投げつけると本気で走ってくる。とりわけ小さな子や泣いてる子が通りかかると、のっしのっしと近づいていってって、そばにしゃがみこみ、

「おいらが、まもってやるからな！」

逆効果だ。濡れた犬みたいなへんな匂い。泣いてた子はいっそう声高に泣くし、たいていの子は通学路を変えちゃう。

「ねえ、『おとうさん』って、どれくらい前からいるの？　いくつ？」うちのおかあさんに、なんとなくきいてみる。

「そうねえ」おかあさんはお箸をもったままあごに手を当て、「かあさんが越してき

たときにはもういたから、ずいぶん前からね。年はわかんないなあ。あと、いっつもいってるけど、質問は、一つずつになさい」

子どもをまもってるつもりの「おとうさん」は、じつは「せいかつほご」を受けてるんだって、ヤマグチがいってた。食べるのはたいていカップ麺のうどん。お酒は一滴ものめない。けど、頭んなかは「よいどれのクマ」みたいに、ぐるぐるの嵐がふきまいてる。雨の歩道橋の上で、

「あにきたちー！」

ぼろコートの袖から両手をのばし、カラスの群れに、涙ながらに呼びかけてる。

「あにきたちー！　そっちばっかいないで、たまにゃあ、おれのほうにも、おりてきてくれよ、なあ、あにきたちったら！」

自動販売機にむかってこんこんとお説教してたり。街路樹の葉を一枚いちまいハンカチで磨いてたり。夜の工事現場でクレーン車やブルドーザーが勝手に動きだしやしないか朝日がのぼるまで見張っていたり。

「がっこうへ、いけるなんて、おまえらすごいぜ！　せいぜい、たのしんでこい！」

横断歩道の前で、手製のばかでっかい旗（黄ばんだカーテンに泥をなすりつけたみたいな模様）をふりながら、通学途中のぼくたちに「おとうさん」は怒鳴る。

「その、スッゴイ旗、なんなの」

ヤマグチがニヤニヤ笑いできく。

「うん、これは馬だ」と「おとうさん」は嬉しそうにこたえる。「馬はえらいもんだ。おいら、ずいぶん助けられた。だから今度は、おいらがおまえらをまもるばんなんだ！」

「おとうさん」はなぜか、動物にはものすごく慕われてる。散歩中の犬はきまって「おとうさん」に近寄ろうとするし（飼い主はけんめいに引き戻す）、よく両肩や頭の上に眠るノラ猫を三匹四匹のっけてる。電線の上のハトたちとクークー声をかわしてるかとおもえば、指先にとまったテントウムシと、ひょっとしたら何日も見つめ合ってたりする。

駅の裏の、もう使われなくなった製材所の隅に、トタン板と廃材を重ね、つなぎ合わせて作った小屋に、「おとうさん」は、もうずっとひとりで暮らしている。

ぼくたちの住むこの町では、おかあさんたちのお説教はいつも、おなじみのこのセリフで締めくくられる。「わかった？　こんどおんなじことしたら、『おとうさん』とこの、ほんとの子どもになってもらうからね！」

「ね、おとうさん」

「なんだい」

ぼくと、ほんとのおとうさんは、日曜の夕方いっしょにお風呂にはいる。

「『おとうさん』って、おとうさんがこどものころから、ずっといるの？」

「ああ、そうだな。ずっといるね」

めがねをとったおとうさんの目はゾウやサイなんかにそっくりだ。湯気のたつなか、

「むかしは、おまわりさんといっしょに、交通整理なんかしてたな。そうそう、工場の火事のとき、大活躍してね。新聞にも出て、表彰状、もらってたっけ」

「へえ！」

あの「おとうさん」が？　ちょっとびっくりしたけどなんだか嬉しくなって、そう、明日ヤマグチのやつに教えてやろうっと。どんな顔するかな。

大きなてのひらでざんぶりお湯をすくい、ぼくの顔をごしごしこすりながら、

「おとうさんも、肩車してもらったことあったぞ。たしか、一度に六人くらい乗っけられたんだ。すごかったんだよ、ほんとうは、あの『おとうさん』は！」

とおとうさんは笑う。


春休みに「おとうさん」は大けがをした。歩道橋から落っこち、清掃車のホウキに巻き込まれた。お見舞いにいこうかとおもったけど、誰にもそのきもちをいえずにいるうち、「おとうさん」が病院で死んじゃったって、コンビニのヤスさんからきかさ

れた。

新学期、ほんとうに、通学路にあの微妙な犬の匂いはない。「おとうさん」の姿は、どこにも見あたらない。

どうして歩道橋になんかのぼっちゃったんだろう。教室でも廊下でも、一日じゅう、そのことばっか考える。そして落っこちてく瞬間、いったいどんなことを考えたろう。

放課後、駅裏の製材所にいった。つぎはぎだらけの小屋は、飼い主のいなくなった亀みたいにしょんぼりと建ってた。鍵はかかってなかった。ていうか、鍵なんてなかった。少し迷ったけど、ここまできたんだから、おもい切ってベニヤ板のドアをあけた。

天井の窓から光がさしていた。小屋のなかは、意外なくらい片付いてる。前後の壁に渡したつっぱり棒に、セーターや作業着がかかり、床板の上には畳が置かれ、その上に大きなこたつぶとんがかけられていた。ラジオや冷蔵庫やなんに使うかわからない機械。ヘルメットと懐中電灯がつっぱり棒からぶらさがってる。

いちばん奥まった場所に、写真立てがあった。まだしおれていないヒナギクやつつじをさした空き缶がまわりを取りまき、手前にはパーティ用の赤と黄色のしましまろうそく。写真には、どこか田舎の農家の前で、みんな泣きそうな顔のこども七人が、ひとかたまりになって写っている。

まんなかに立つ大きなこどもが、

「さ、笑え!」

と怒鳴った。

「おいらの声が合図だ、笑えって!」

シャッターがおりるや、こどもたちは一斉に息をついて、みんなそれぞれの持ち場にもどっていく。お米をふるいにかけたり、近くの畑土を掘り返したり。六人のちいさな子らを、大きなこどもが励まし、手を貸してまわり、自分では、からだくらいあるでっかい石を全身で転がし、畑からどかしたりする。納屋にいる、おんぼろに痩せた馬を川へ連れていき、たんぽぽを食べさせる。この家には、おとながひとりもいない。

土砂降りの雨。雨漏りのする家のなか、大きな子どもがそこらじゅうにバケツや、欠けたお茶碗を置いてまわる。雪の日は火をおこし、大声でうたって体操をする。六人はくすくす笑いながらそれにならう。いちばん下の子が、か細いけれど明るい声で、「おとうさん」、って呼ぶ。

大きな子は大人みたいにハハハと笑い、

「おいら、おとうさんじゃないったら」と、その子を肩まで抱えあげて、「でもな、おいら、おまえらのことまもってやる。世界一のおとうさんみたいにな。どんなことがあっても、まもってやるからな」

ひどい冬が来る。子どもの数は七人から六人に減る。次の夏、よくわからない疫病がはやって六人は四人になる。大きな子はへこたれない。晴れの日は笑い、雨の日はまじめな顔つきで、子どもたちにお地蔵様や動物たちの話をする。まぶしいくらいの星空の夜、子どもたちが寝静まったあと、大きな子はひとり外に出、黒々とそびえる山にむかって、ぶつぶつ、低い声でつぶやく。ぼくは耳をすませてみる。「あにきたち！」大きなその子の目から涙があふれてる。「ね、たまにゃあ、おいらんとこにも、おりてきてよ！　ね、あにきたちったら！」

遠い親戚の家に、引っ越しが決まる。ありあわせの家財道具は、大きな子がひとりで背負い、いちばん下の子を抱きあげ、痩せた馬の背に乗せる。みんな笑っている。大きな子は馬の口をとり、ハイシドウドウ、ハイドウドウ、大声でがなりながら春の農道を行く。「おお、『おとうさん』がいきよるぞ！」

顔なじみのおじいさん、おばあさん、畑仕事の大人たちが手を振り、口々に叫ぶ。

「町でも、がんばれやあ！」

「みんな、元気でなあ！『おとうさん』のいうこと、きくんじゃぞお！」

「たっしゃでなあ、『おとうさん』やあ！」

風が吹き、急にやむ。ふりかえると、ベニヤのドアのこちら側に、ヤマグチが突っ立ってる。ぼくたちはなんにもいわない。ヤマグチが、こっちに来る。直感でわかる。こいつがここに来るのははじめてじゃない。ヤマグチは学校ではあんまりみないような顔をしてる。その手に、いつ作ったんだろう、割り箸とハンカチの小旗を握りしめている。いまにも駆けだしそうな元気な馬がハンカチに描いてある。ヤマグチはクラスでいちばん絵がうまい。

ぼくたちはなんにもいわない。ヤマグチは写真の前にしゃがんで空き缶の穴に小旗を立てる。ぼくも隣にしゃがみ、写真と小旗を交互にみる。

目をつむり、手を合わせる。同時に隣でヤマグチも、おんなじことしてるのがわかる。春風に、旗がカランとゆれる。明るい小屋のなかに、ひなたぼっこしてる犬みたいな微妙な匂いが、ゆっくり、ゆっくりとたちこめていく。

子規と東京ドームに行った話

雨模様の水道橋駅前。待ち合わせた五時半ちょうど、明治の文豪、正岡子規の姿がひとごみからひょっこり現れた。予想した以上に痩せているけれど、顔の色つやはそれほど悪くもなく、死後九十八年も経っているなんてちょっと想像しがたいほどである。

「おう君」

子規は僕を認めると軽く右手をあげた。絣(かすり)の着物からのぞく腕は、華奢ながらも鞭のような筋肉質だ。周囲を見回し、

「せっかくでてきたが、雨じゃね、どうもいけない。ベースボールなど土台無理だな」

「大丈夫ですよ、先生」

と僕は番傘を開き頭上にかかげた。子規は鼻を鳴らして歩きながら、

「そもそも君、こんな夕暮れからベースボール観戦というのがおはなしにならん。

攫者（キャッチャー）に球はみえんし打者だってそうだろう。闇鍋でもあるまいに、まっくらのなかで遊技に興じるなんざぞっとしないやな。サテ帰ろうか」

「だから、大丈夫ですって」

十分後、我々はダフ屋の追撃をかわしながら陸橋の上にたたずんでいた。子規は眉をしかめ、かすかにあごをしゃくって、

「君。ぜんたいありゃあ、なんだネ?」

「東京ドームです」

「どうむ?」

僕は傘をたたみ軽くスイングしてみせた。

「早い話が、室内野球場です。こうこうと明かりがついてますし、雨にも濡れません。今からファイターズとホークスの試合があります。早く行きましょう、正岡先生」

子規は頭をもみながら歩き出すと、

「インドア、ベースボールとは、イヤハヤ、たまげたぞなもし」

驚くと郷里の松山弁が出るらしい。

しかし子規当人だって、大学予備門（旧制一高）のとき下宿の部屋で、ひとりどたばた野球の練習をしていたんじゃなかったか。走り回ったり、飛び上がってみたり、手を下げて腰を落としてみせたり、その動作に友人は驚き、頭がおかしくなったので

は、と心配しておずおず声をかけたのだ。すると子規ははつらつと、

「これはベースボールという遊技の球の受け方よ。練習ぞな。おもしろいけん、あんたも一ぺん学校へ見においでや」

ベースボールが日本に伝えられて二十年足らず。ルールもまだ定まらないこの新しい競技に、若き正岡子規は、文字通り寸暇を惜しんでのめりこんでいたのだった。


「柿食へば鐘が鳴るなり法隆寺」

現代俳句、和歌の革新者、正岡子規。

慶応三年、現在の松山に生まれ、明治十六年、十六歳にして上京。翌年東京大学予備門に入学。夏目漱石らと交わりながら、俳句の研究にのめりこみ、のちに、

「松尾芭蕉のほとんどは悪句」

「紀貫之はへたな歌詠み」

と言い切って、明治文壇に旋風を巻き起こす。現在まで伝わる句会や俳句結社制度のありようは、ほとんどすべて正岡子規のまわりに源流があるといっていい。そして明治三十五年、脊椎カリエスによる闘病生活の果て、わずか三十四歳で永眠。十余年にすぎない活動のなかで、あまりにも実り多い成果を日本文壇に残したのだった。

この子規が、ベースボール狂なのだ。予備門時代は名キャッチャーとしても知られ

ていた。自分が死んで地獄の餓鬼となっても、

「ベースボールだけはやらうと思つています」

などと書いたりしている。

俳人として、本名「のぼる」をもじった「野球（のぼーる）」なる雅号をもってい たし、後年、その生き生きとした筆をふるって本格的なベースボール論まで発表した。

むろん句や歌の題材にもしている。

「まり投げて見たき廣場や春の草」

「久方のアメリカ人のはじめにしベースボールは見れど飽かぬかも」

一〇〇年ぶりにこの世によみがえった正岡子規がやたら壮健なのは、地獄の鬼ども を相手に連戦をつづけてきたからなのかもしれない。

「ずいぶん遠くから観るのだね」

三塁側内野席の中段あたり、子規は落ち着かない様子で、きょろきょろとドーム内 を見回している。無理もない。子規の時代と現代とでは、ベースボールにまつわる風 景はあまりにもかけ離れてしまっているのだから。

喫煙コーナーに顔をしかめ、みやげもの売り場に辟易とし、真上をみあげながら、

「空が見えんね」

少しとがめるような口調で子規はいった。心境はよくわかる。舞い上がった白球の背景として、真っ青な空ほどふさわしいものはほかにない、と僕だって思う。

やがてファイターズの選手がグラウンドに出てきて颯爽と守備練習をはじめた。

「しかし職業野球とは驚くね。みな、よほどうまいのだろうが」

「そりゃもう。毎日野球漬けですから」

子規はパンフレットを弄しながら、

「日本ハム、か。ハムとはなにかね」

「え、あの、薫製の肉です」

「なるほど、ならダイエーとはなんだろう」

僕はことばをさがした。

「全国に展開するスーパー……、ええと、いろんなものを安く売る店の屋号です」

「ふうん、よろず屋か。よろず屋の店員と肉屋とで試合をするわけだね」

「いえ、そういうわけじゃなく……」

まったく一〇〇年の隔たりはなんと大きいのだろう。

子規はファイターズ片岡選手のフィールディングが気に入ったようで、よし、うまいぞ、とひとりごとを漏らしている。そしてやおら僕のほうへ向き直り、いったのだ。

「みな、長年の修練で、ベースボールにむいた肉体に変貌を遂げたのだなあ」

「なんのことです？」

「無論、手のことさ」

子規は左のてのひらをぱしぱしと叩き、

「みな、まったく奇怪なほどに腫れているじゃないか。あれなら球を取りやすかろう」

表情をみると、冗談のつもりではないらしい。たしかに子規の時代、ミットをはめていたのはキャッチャーだけだった。

「帝國大学高橋慶太郎君編」の『ベースボール術』に、道具を紹介する一節があって、ベース四個、ボール一個、打棒数本、「カッチヤースミット」一個、それにうしろに貼る「あみ」だけで用具は足る、とされている。

「此外尚ほ種種なる器具あるも是等は生まれついて皮膚の忍耐力弱き米人には要するも我日本人はさるものなくとも右に掲げし器具にて足れるは経験する所なり」

ベースボールを「野球」と訳した中馬庚（ちゆうまんかなえ）氏は勇壮な命令形でこうもいう。

「（強烈な打球がくれば）双脚ヲ合シ向臑ヲ以テ是ニ当タレ　或イハ片脚ヲ屈シ腹ヲ以テ是ヲ止メヨ　多少ノ痛傷何カアラン」

「では、グローブ、というのかね、あれは」

「はい。今は打球も早くなりましたし、グローブなしじゃ、大けがですよ」

坪井玄道（げんどう）と田中盛業（せいぎょう）による『戸外遊戯法』のバッテリー解説は、次の通り。

「ケッチャル（受球者）此位置を占むる演習者は『ピッチャル』より『ホームベエス』に向って投ぐる球を取りて其進行を停止するものとす」

そしてこの日、ファイターズの先発ピッチャルは金村である。


金村第一球。ストレートだ。

「なんというはやさだ！」

と子規はうめいた。明治初期、投手はみな下手投げで、打者のリクエストに応じ、高め、中央、低めを投げ分けていたのだ。気持ちよく打たせてアウトをとるのが、いい投手の条件だったわけである。

「あんなでは、棒（バット）にあたるまい。いやはや、退屈な試合になりそうだ」

杞憂に終わった。一番柴原のバットが快音を響かせたとき、正岡子規は腰を浮かして打球を追っていた。見事な二塁打。つづく本間がセンター前にヒットを返し、あっさりと一点がホークスにはいった。

「はやくも廻了（ホームイン）！　電光石火だねえ」

次打者吉永のフライがレフトにあがった。バックしながらそれをつかんだ巨体の野手に、子規は指をさし大声で叫びはじめた。

「外国人だ！　外国人がいるぞ！」

「ええ、オバンドーといって、すごい打球を飛ばすんです」

「日本の試合に、いったいどうしてそんな妙な名の外国人がいるのか！」

「雇われたんですよ」

「なんたることだ。まったくもって！」

子規がここまで激昂するのも不思議なことじゃない。明治中期に無敵を誇った一高野球部が、横浜外国人倶楽部や船員チームと戦い、29対1、20対6などのスコアで大勝を収めた「事件」は、

「日本が決戦でアメリカを征服した」

などと喧伝されたものである。子規も病をおして観戦にでかけている。外国人はあくまでカタキ役。明治の日本には乗り越えるべきはっきりとした目標があったのだ。野茂や長谷川のはなしをしても、どうせ混乱を助長するだけである。僕は口をつぐんで席に座り直した。

金村が牽制悪送球。本間は一気に三塁まで到達。四番小久保は背骨が伸びるようなライナーをセンターに運び、初回表にして2点目がはいった。

「ほう、こんなにだだ広い競技場でも、ちゃんと打球音はきこえるものだね」

「いい打者の、いい打球ですからね」

松中がセンターフライで2アウト。

ニエベスがでてきたとき、子規はやはり顔をしかめてみせたが、金村の投じた変化球にそれこそ顎がはずれたかのように驚愕した。

「君、あのドロップは……」

「フォークボール、と呼んでいますが」

「ま、魔球！　なんという魔球であるか」

子規は目を潤ませ感激している。ただしこの「魔球」といういいかた、それほど大げさな意味はない。中馬庚氏も解説書の中で、

「投球に魔球ナルモノアリ（中略）Pニ欠クベカラサル資格ナリトス」

といい、チェンジアップと八種類のカーブを紹介している。要するに変化球のことだ。

高橋慶太郎氏はこんな予言をしている。

「日本人は元来指頭の筋肉精微なる働ある先天性の性あり能く投球に熟せば恐らくは米国未だ知らさるの curving を発明するを得ん」

ニエベスは魔球に三振した。

正岡子規はタイミングよく、さっと立ち上がって拍手を送った。

「ところで競技者の服だが」

フィールドに散っていくホークスの選手をみながら子規は胸ぐらをあけた。絣のしたになんとユニフォームを着込んでいる。

「僕のチームならこんなふうに純白だった。新橋の鉄道チームは白いネクタイをしめていたがね。あのよろず屋チームのほうは、いやに悪そうだね。真っ黒だね」

まあ、たしかにダイエーのヴィジター用は悪玉っぽくデザインされてある。

「それにどうだい、あの壁の字」

と子規は外野フェンスを指さした。

「あんなに字が書いてあっては、困る。つい読んでしまうではないか。ベースボールを見にきたのか、字を拾いにきたのか、あれじゃあべこべになっちまう」

オーロラヴィジョンに映し出されるカップルや家族連れをみて、はじめのうち子規はおびえ、あの窓からばかでかい妖怪がこっちをのぞいておるぞ、と大騒ぎした。リプレーシーンすら気にくわない様子で、目障りだ、気が散るじゃないか、と言い放つのだった。

一回の裏、ヒットは出たものの、ファイターズの攻撃は無得点に終わった。レフト席のホークス応援団が旗を振り回し太鼓を叩く。ドームの屋根が音響をかえしてくる。

「正岡先生、あの、応援団は平気ですか」

「なんのことだね」

「太鼓やラッパ、やかましくないですか」

子規は意外そうにこちらを見返し、

「一高の応援はあんなものじゃなかった」

平然といった。

「今時、下駄なんぞははいておらんのだろうが、応援団がいないと、志気があがらんじゃないか。なにしろ応援団旗は競技の華だよ」

なるほど、大学で産声をあげた日本のベースボールに、応援団は付き物だった、というわけである。メジャーは静かだ、球音を聞こう、なんて議論が最近よくなされるが、あれはアメリカにもともと日本式の応援団がなかった、というだけのことで、それをむりやりアメリカ式に合わせるのは、なんだか変だ。

「ただ、あの、色のついた棒を叩いて音を鳴らすのは、どうかとおもうね」

「メガフォンというんですが」

「拍手は手でするものだろう。棒を打ちならして代用など、横着だし、失敬である。それからあれら半裸の女子はなんだ。不届きな」

チアリーダーのことだろう。

「ピンク色の鳥はなんのつもりであるか」

日ハムのキャラクター、ファイティー君のことと思う。

二回裏、ふて気味だった子規を驚喜させるプレイがダイエー内野陣により披露された。1アウト二塁、八番野口がショートゴロ。ボールは本間、林、松中へと渡りダブルプレイ、ゲッツー。

「おう、二人アウトだ」

「６、４、３でしたね」

「ショルトストップ、第二基人（ベースマン）、第一基人をそういうのだな、なるほど」

と毛筆でメモをはじめる。俳人なんだから「５７５」のダブルプレイなんて当然好きなんだろう。人数ギリギリの草野球で、内野フライを追いかけた一塁手とショートが衝突！　交代要員がいないので、彼らのかわりに一時的にサードとレフトがその位置にはいる。そこへ一塁ゴロ。サードがとって二塁をカバーしたレフトへ、そしてまたもや一塁のサードへボールが返され、５７５ゲッツー、ここに成立。

「夏草やベースボールの人遠し」

そして三回裏がきた。はは、あの壁を球が越えるなどそんな馬鹿げたはなしと、本気にしていなかった子規の目の前で、日ハム小笠原のバットがしなった。打球は弧をえがきバックスクリーン左へ魔法のようにとびこんだ。絵に描いたような2ランホームランだ。

子規は唖然としていた。

すっくと立ったまま、瞼に打球の軌道を焼き付けようとでもいうのか、グラウンドから目をはずす気配がない。口がもごもごいっている。俳句を詠んでいるのかもしれない。

子規は書いている。

「ベースボールにはただ一個の球あるのみ。しかして球は常に防者の手にあり。この球こそこの遊戯の中心となる者にして球の行く処即ち遊戯の中心なり。球は常に動く故に遊戯の中心も常に動く。されば防者九人の目は瞬も球を離るるを許さず。打者走者も球を見ざるべからず。傍観者もまた球に注目せざればついにその要領を得ざるべし」

テレビで野球をみたって、汗にまみれたむさくるしい男の顔や、細かな数字がでてくるばかりで、主役の球のほうはいったいどこにあるやらとんとわからない。誰が金髪に染めようが、どんなナイトライフを送っていようが、それと球と、いったい何の関係があるだろう。

常に動き続ける遊技の中心、球。

これを見ることこそ、ベースボールを見ることであり、それ以外はない。

「球戯を観る者は球を観るべし」

と子規は強調している。少なくとも野球場に行くのでなければ球は目で追えない。

子規の時代、球はすぐ手の届くところにあった。球場には真っ白なユニフォームの競技者、芝に置かれたベースと、球一個。これでじゅうぶんだった。オーナーとの確執や広告宣伝、英語をまねた変な発音のアナウンスなんてなく、ただ、ベースボールだけがそこにあった。

「九つの人九つの場をしめてベースボールの始まらんとす」

「今やかの三つのベースに人満ちてそぞろに胸の打ち騒ぐかな」

「打ち揚ぐるボールは高く雲に入りて又落ち来る人の手の中に」

この一〇〇年間、野球には、様々なものが付け加えられてきた。ゴシップに推定年俸、経済効果云々なんてはなしもある。新聞やテレビの野球はよけいなものだらけで、肝心な球の行方がなかなか見えてこないのだ。

そう。球場に行くのでなければ。

ダイエー松中はこの日異様に乗っていた。二打席連続のホームランに、正岡子規は呆れたようにため息をついて、

「なぜあんな強打者が五番目に打つのかね」

子規のころ、普通はピッチャーからキャッチャーと順々に、少し頭をひねったチームなら強打者順に打っていった。左利きは珍しく、投手の調子を狂わせるため先頭に置くことがあった。とにかく一番が肝要なのだ。

子規が不思議がったのはもうひとつ、内野の守備陣形である。

「ショルトストップがあんなにうしろにいるとは、ちと面妖にすぎないかね」

けれど、この日はダブルプレイがやたら多く、子規もそのうち納得がいったようだった。昔の解説図をみると、一、二、三塁手はそれぞれのベースにはりつき、ショートは投手と三塁の中間に位置している。そのあたりにばかり球が飛んだのだろう。しかも、きっと材質のせいもあって、球の勢いは強くなかった。小笠原や松中、ニエベスらが放ったホームランのごとき打球は、誰もみたことがなかった。しかも、勢いがあるくせ、もっともくっきり球がみえ、遊技の時間が一瞬停止し、それが永遠につづくような錯覚をおぼえる。

ベースボールの球はしばしば永遠を描く。

時間を超えてきた子規が、感激しないわけがないのである。

九回裏、ファイターズ西浦がペドラザの球を打ち上げ、一塁側ファールフライでゲームセット、ホークスが7対4で圧勝した。万歳三唱する三塁側スタンドを見渡しな

がら、

「これは一高のころと同じだな」

と子規は笑った。こころなしか顔色が悪い。興奮しすぎたのかもしれない。

「正岡先生……」

子規はこたえず、静かに笑いながら後ずさり、人ごみのなかに消えていった。現れたときとちょうど同じたたずまいで。もう少しベースボールのはなしをききたかったな、とぼんやりしているうち、天井の照明が次々に落とされ、警備員がマイクロフォンで、

「出口に向かってください！　まもなく閉まります！　出口に向かってください！」

僕のほうへあからさまに叫んでくる。

雨は上がっていた。水道橋へ向かう陸橋の上、肩を叩かれ振り返ってみると、そこに正岡子規が立っていた。

「遅いじゃあないか。待ちくたびれたよ」

「せ、先生！」

子規は真っ白いユニフォーム姿で、どこで仕入れたのかグローブをふたつ抱えている。野球帽にはHの文字、側頭部に小さく「HOTOTOGIS」なる縫い取りがみえた。

「あの魔球、フォークボールか、あいつを習得せんとあの世には戻れんからね。君、

ひとつ受けてくれたまえ」

「はい、承知しました」

至近距離から投じられる子規の球はとてもゆるく、受けやすかった。通行人たちは我々の姿に気づいていないようだった。子規のボールは徐々に変化した。鋭いフォーク、とまではいかないまでも、それでも確実に、ふわりと停止し、やんわりと落ちる。

「君、もっと離れて投げるよ」

一〇メートル、二〇メートル。子規が小さくなっていく。それでも球の勢いはゆるやかなまま変わらず、コントロールよく僕の手元にすっぽりと収まった。子規が離れていく。やがて姿が見えないほどの遠くから、白々としたボールだけが一球こっちへやってきて、見事にすとんと切れよく落ちた。

「先生、ナイスフォーク!」

陸橋の彼方から、返事はなかった。

「夏草やベースボールの人遠し」

名選手正岡子規とは、それっきりだ。

やすしと甲子園に行った話

「かなんな、しかし」

埋まりつつある甲子園のスタンドを見渡し、木村雄二少年は軽く舌を打った。

「たかが球ころがし見ぃに、えらいまた、ぎょうさんはいっとるがな」

隣に腰をおろした僕は、

「一回戦ですが、今日はいいカードがそろってますからね。地元の高校もでるし」

フィールドではグラウンド整備が終わり、シートノックがはじまったところだ。十八歳の木村雄二は大あくびをし、ぽんぽん、と右肩をたたいて、朝もはよから、ご苦労なこっちゃ、寝るで、そうつぶやくやいなや、本当にすうすうと寝息を立てはじめた。

無邪気な寝顔？　いや、とんでもない。腕を組み、眉間にしわを寄せたその表情は、たった今グラウンドで球を追う選手たちと同年代にはとてもみえない。まわりのおとなよりよほどおとなびた、いや、殺気だった面立ちである。

僕は早くも後悔をはじめている。だいたい後年、当の本人が自伝のなかではっきりこのように書いているのだ。

「私は今でもそうだが、子供の頃から団体競技が嫌いであった。野球、ドッチボール、サッカーなどがそうである。自分の失敗で、チームを敗戦にさそうし、自分は良くても、誰かの失敗で勝つはずの勝負も負けてしまうから、私は団体プレーは、つまらんと思っている」

ウーとサイレンが鳴り響いた。と、隣の木村少年はがばりと起き上がり、

「なんやなんや、空襲かい！　きさらせ！　いてまうど、こら！」

そう叫んで、またすとんと眠りに落ちた。

十八歳なので、まだメガネはかけていない。

中学卒業直後十六歳にして、「天才少年漫才師」とたたえられ、華々しいデビュー。しかしネタにいきづまり、相方にも恵まれず、たった今、雌伏の時期まっただなかにいる。

前年、横山ノックに弟子入りした彼は、堺伸スケなる芸名から、横山やすし、と名を変えたばかりである。役者上がりの西川きよしと出会うまでにはまだ四年を要する。

「おう、すまんの」

紙コップのビールを受け取り、十八歳の横山やすしはにやりと笑った。スタンドはもう八分の入りだ。よく晴れた空から日差しがこぼれ、しめった土の匂いが内野スタンドにまで運ばれてくる。


「わしが甲子園で野球見物か。なんちゅう因果なこっちゃ」

ビールをすすりながらやすしはまぶしげに目を細めた。三塁側ダッグアウト前では、陽に焼けた選手たちが円陣を組んでいる。


「ただ、ですね」

師匠、といいかけたことばを飲み込んで、僕は、横山さん、と呼びかけた。


「そんなに野球と縁がないわけじゃないでしょう。初舞台のとき書いた漫才のネタは、野球のはなしだったはずです」


「しょうもないこと知っとるなあんちゃん」

と顔をしかめて笑う。

自伝にはこう書かれている。


「何かよい台本はないかと思案の末、自分が子供の頃に野球があまり得意でなかったのに気がつき、野球の台本が一番最初で……」

もちろん僕はその漫才をみていない。

おもむろに、両校の選手たちがダッグアウトから駆けてきた。そして、ホームベースをはさみ、帽子をとって一礼する。

「なんや、そら！」

突然やすしは怒りだし、立ち上がって、ひとさし指をグラウンドに突きつけながら、

「おどれら、頭さげとる場合かい！　あほんだら、勝負やないんかい。にらめ！　目ぇにものいわせたらんかい！」

「お、落ち着いてください！」

観客たちも驚きふりむいている。やすしはビールの入った紙コップをスタンド前方に思い切り投げつけ、

「あンだら！」

つまり、阿呆んだら、と吐き捨てどさりと席につく。僕はビールまじりの冷や汗を額からぬぐう。

無事に帰れるだろうか。

昭和十九年三月十八日、高知県宿毛市沖の島生まれ。生後三ヶ月で生母と別れ、父親に引き取られて大阪・堺市で育つ。三十四年四月、旭中学を卒業し、漫才作家秋田實門下に入門。翌月、堺伸スケを名乗り角座でデビュー。天才少年漫才師と話題にな

る。漫画トリオの付き人を経て、四十一年六月西川きよしとコンビ結成。翌年上方漫才大賞新人賞を受賞して吉本興業専属となる。四十五年と五十二年に上方漫才大賞、五十五年には芸術祭優秀賞に輝く。しかし、度重なる交通違反、事故、暴力沙汰のため、平成元年四月、吉本興業から解雇される。四年、自宅近くで何者かに殴打され重傷を負う。入院中、二度危篤に陥り、退院後は失語症に。八年一月二十一日、アルコール性肝硬変で死去。享年五十一。

平成十三年三月下旬の甲子園。僕の隣でぶつくさいっている横山やすしこと木村雄二。もし生きていれば、五十七歳になったばかり。計算上そういうことになる。

またもや高らかなサイレン。プレイボールがかかり、ピッチャーは山なりのカーブを放った。ワンバウンド。おちつけ、という素振りのキャッチャー。二球目は芯に当たったサードゴロ、なのに勢いの失せたバウンドで、悠々アウト。プロ野球に慣れた目に、高校生たちの野球は、どことなくのどかに映る。

「このセンバツ大会いうたら、なああんちゃん、でんでんむしはどこやな」

新聞を広げてやすしがいう。でんでんむしとは競艇の符丁で二重丸、つまり本命のことである。

「予想は難しいですが」

と僕はこたえる。

「前評判では、茨城の常総学院、福岡の東福岡高校、といったところでしょうか」

「で、この、21世紀枠っちゅうのは、いったい何やね?」

やはりきかれたか。汗ばみながら僕は、ことばを選んで説明する。生返事を返していたやすしの顔がだんだんと曇ってくる。

「したら、なにか?」

肩を怒らせてやすしはいう。

「勝ち上がりもせんと、選んでもろた、と、つまりこういうわけかい!」

「いや、ただ、いいところまでは……」

「この、ぼけ、かすッ!」

座席を蹴られた前の客が背をすくませたのがわかる。やすしは唾を飛ばしてまくしたてた。勝負ごとに何が教育だと。戦わずして大会に出られるなど筋が通らないと。野球の大会は野球で勝負を決めないと野球をやっているもの全員の立つ瀬がないだろうと。

たしかに21世紀枠については大会前から様々な論評がなされている。やすしのいいかたは、むろん刺激的にすぎるとはいえ、曖昧な選考基準に戸惑ったひとびとの気分を、ある程度代弁するもの、といっていいかもしれない。

「いっぽうでやな、赤丸クラスの実力あンのに、不祥事とやらで参加でけへん学校が、あるわな。去年のセンバツでもそやった」

「よくご存じですね！」

驚いた。ひょっとして僕なんかよりよほど詳しいのかもしれない。あの世にも新聞は届くんだろうか。

「野球選手がやね、女抱こうが酒飲もうが、それがどないやっちゅうねん。法律で禁じられとるわけやないがな」

「でも、あの、酒は、高校生ですから」

しかし、やすしは聞いちゃいない。

「野球で、勝ちゃええんと違うんかい。野球のうまいへたを競うんやろが！」

わっと歓声が上がった。内野安打でノーアウト一塁だ。振り向きもせず、やすしはこちらをにらんだまままつづける。

「仮に学校の規則破ってやな、そのガキがヘタうってめっかったとしたらやな、そいつが校則違反ということで、チームからハネられるんは、まあ、しゃあないわ」

「ええ、そうですね」

「ところがここで、連帯責任たらいうおかしなもんがしゃしゃりでてきよる。こいつは正味、筋のとおらんはなしや。漫才の相方が事件起こしたら、わしが檻はいるか？

ええかげんにさらせ！」

やすしは一気にまくしたて、ビールをあおると、ようやくグラウンドのほうへ向き直った。観客たちはさっと目をそらしたが、うんうんとうなずく背中もちらほらみえる。大きくため息をついたやすしは、

「思うにやね、野球が好きやのに、野球がでけへんというのは、しんどいことやで」

悔しそうにそうつぶやいたのである。

西川きよしとコンビ結成の三年後、横山やすしは自家用車でタクシーと接触、相手の運転手を殴打し大けがをさせる。そして二年四ヶ月もの間、謹慎処分となるのだ。この期間、世間はやすしに冷たかった。やすしはその扱いをけして忘れなかった。ファンは、こちらが落ち目になると、すぐさま寝返る。手のひらをかえして「不安」になる。世間の大衆など信用できない。頼れるのは自分だけ、自分の漫才だけ。漫才のためには、世間のルールなど、はなから知ったことではない。

後年のこと。生中継に遅れるから、との理由で119番を呼びだし、交通事故で血まみれや、早く来てくれ！　呼びつけた救急車でテレビ局まで送らせたという。

趣味のセスナについてもこう書いている。

「何が楽しいといっても飛行機の醍醐味は、航空法に違反して飛ぶことだ。超低空飛

行で低空旋回をやれば、かつての大空の勇士じゃないが撃墜王になったような気がする」

第一試合はテンポよく進み、早くも九回の表を迎えている。最後の打者が内野ゴロに倒れ、一塁ベースにヘッドスライディング。みていたやすしは眉をしかめ、けっ、かっこつけるな、とつぶやいた。

「あれは空舞いや。それか、滑っとる自分に酔うとるだけや」

ミッション系の学校なのか、カタカナまじりの校歌斉唱がはじまるやいなや、なにやらうずうずといいたそうなやすしに、僕は何杯めかのビールを渡して、

「高校の校歌って、ほかにもいろいろあるんですよ。この大会にはでてませんが、岩手の盛岡一高は、軍艦マーチといっしょのメロディだそうです」

「ほんまか！」

「茨城の竜ケ崎一高は、『バンダの桜』ですし」

「おう、日露戦争の歩兵のうたやがな！」

はやくも、上機嫌になったやすしは鼻歌を口ずさみながら、グラウンドに向けてあごをしゃくる。黒い土にしゃがみこんで負けた側の選手たちが「甲子園の土」を集めている。やすしはいたずらっぽく微笑みながらいった。

「なんやあれは。落としたメガネでもさがしとんのか？」

第二試合は緊迫した展開だった。

四回の裏。マウンドの上では体格のいい左腕投手が完全試合をつづけている。ふてぶてしげな顔つきで、一四〇キロ近い速球をバッターの胸元へつぎつぎと投げ込んでくる。

隣のやすしも黙って試合をみつめ、ときおり思いだしたかのようにノートに書きこみをいれる。普段から、十八歳の木村雄二は、かたときもネタ帳を離さず、先輩から冷笑されようが、気がついたことがあればすぐメモをつけたという。

高校野球に劣らず、当時の漫才界も上下関係が厳しかった。十七歳のやすしが弟子入りした横山ノックは、当時、「漫画トリオ」のリーダーで、やすしが付いて半年後「パンパカパーン、今週のハイライト」で全国区の人気を得た。カバン持ちをし、トリオの背広やタオルを畳みながら、胸の内でやすしはこうつぶやいていた。おのれ、くそっ、今に見てくされ、おのれより出世したるからなッ！

左腕投手が内角ギリギリを突く。あわててよける打者、しかしストライクだ。打者は芯からくやしそうに投手をにらみ、投手は見下すような表情を変えない。

「これやがな」

とやすし。

「高校生とか、関係あるかい。男の勝負いうたら真剣勝負じゃ。命かけたらんかい！」

「横山さん、野球、ちょっとはおもしろくなってきましたか」

「まあまあな」

僕はひとつうなずき、

「要するに野球のゲームって、連帯責任とか考えずにみるとスリリングな勝負なんです」

せっかく甲子園で一緒にいるのだ、しかも若き日の横山やすしと。野球を楽しんでもらわないと、もったいないじゃないか。

「ピッチャーとキャッチャーは、つまりコンビです。このコンビは投げ合いが好き、ずっとキャッチボールをつづけたいわけですね」

「なるほど」

「ところが、棒を持ったガキがそれを邪魔しよるわけです。ピッチャーは、じゃかましいいうてボールを思いっきり投げる。当てさせてたまるかい、って、力のかぎり」

おおざっぱすぎるが、かまうものか。やすしは何度かうなずいてくれている。

「いっぽう打つ側からみると、ひょいひょいノンキに球投げてけつかるガキが、ふたりもいよる、と」

僕もつい、大阪弁まるだしである。

「で、めざわりじゃ、ぼけ！　いうて、その球をひっぱたくわけですわ」

「なるほど、ようわかった！」

そのとき乾いた打球音が響いた。はっと振り返ると、マウンドで例の投手が頭を振っている。打球はまだ伸びていく。滞空時間の長いその打球は、ぐんぐんと伸び、やがて左翼スタンドに放物線を残して飛び込んだ。

「あれ、ホームランか？」

「ホームランです！」

ランナーはゆっくりとした足取りでダイヤモンドを回っている。食い入るようにみつめているのは、やすしと僕だけではない。拍手し、わめきながら、観客たちはホームランを打ったヒーローから目を離さない。ひょっとすると、と僕は思った。このときぐらいじゃないか、野球選手が、

「みられている自分」

を心地よく認識するのは。

ファインプレイをしても、塁上にいても、選手の意識はまだ試合に集中しきっている。でなければ、いい選手とはいえない。ただ、ホームランのベースランニング、このとき一歩一歩走る野球選手は、グラウンドのすべてを支配する独演者になるのではないか。

サードベースを回る高校生をみながら、

「きもちええやろうな」

と十八歳のやすしも深々とうなずいている。

漫才日本一。一九八〇年、国立劇場の漫才独演会で芸術祭賞を受賞して以来、やすしきよしのコンビはそう呼ばれつづけた。この舞台でみせた三本のなかに「ああ高校野球」という漫才がある。

西川きよしが野球部監督。

横山やすしが野球部の高校生。

「それではまず、シートノックからいこう」(きよし)

「ああ、ようやってるやっちゃな！」(やすし)

きよしの打つみえない打球を、やすしはでんぐり返りになり、脚で踏みつけては、やすやすと捕球する。それはおよそ野球選手の動きではない、しかし、やすしはたぶん胸を張っていうはずだ。

「文句あんのかい！　これがわしの野球じゃ」

そう、やすしがやると、不自然さのかけらもない。やすしにしかできない野球を、観客は間違いなく見とどけ、腹の底から笑う。そして拍手を送る。

ホームランがでてからゲームは乱打戦になった。我々はアルプススタンドに移動し、立ち上がって声をあげた。やすしはもっぱら、打ったらんかい！　しばきあげぇ！と攻撃側ばかり応援している。性格上当然だろう。

我々のうしろで中年男性二人が、あれ、やすしちゃうんか、とささやきあっている。

「阿呆か、若すぎるわ。それに、やっさん、とうに死んだやないか」

「そやかて、よう似とるがな」

一点ビハインドで九回を迎え、攻撃側の選手はみな必死の形相だ。こうなるともう、高校生もプロもない。三振を喫した打者がバットで地を叩き、審判から注意を受けている。

「ええやないか」

とやすしは嬉しげにいう。

「あれは、野球の顔や。勝ち負けの顔や。勝ちとおてたまらん顔や」

最後の打球はピッチャーゴロだった。

球場じゅうの声援がため息に変わり、それを切り裂くように審判の声が響いた。アウト！　試合終了。

「いや、いい試合でしたね。あれ？」

隣のやすしの姿がない。うしろの席の男性が、小便ちゃうか、けつに火ぃついたみたいにすっとんでったで、と、おかしげにいう。やがてサイレンが鳴って校歌斉唱。長い校歌だ、二分以上ある。ようやく終わって、グラウンドに水がまかれはじめたとき、前のほうで誰かが叫んだ。

「なんや、あのガキ誰や」

僕は呆気にとられ、思わず立ち上がっていた。整備中のグラウンドには、ジャンパー姿の木村雄二。十八歳の横山やすし。

「どうも、いや、まいどおおきに」

にこにことスタンドに愛想をふりまきながら、ホームベースへと歩いていく。グラウンドキーパーも係員も、あまりのことに思考が麻痺したのか。出てきて止めようとするものは誰もいない。バッターボックスに入るや、ぺぺっ、と両手に唾を吐き、誰もいないマウンドに向けて三度、四度と素振りしたやすしは、

「きさらせ!」

へっぴり腰で木製のバットを構えたのである。

いつの間にか両のアルプス席から太鼓が鳴りだし、いけ、打ったれやっさん! と声援まで飛びはじめる。やすしはマウンドをにらむ。そこにはまるで本当にピッチャ

ーがいるかにみえる。いや、たしかにいるのだ。やすしの背中をみていればそれがわかる。

「ちくしょう!」

大きく空振りしたやすしは悪態をついた。憎々しげにピッチャーをにらみ、もう一度ボールを待つ。バット一閃、

「あたたた!」

自打球が脚に当たったのだ。球場じゅうから笑いがもれる。が、打席のやすしが構え直すのをみて、みな、しんとなる。

やすしが片足をあげ、バットを思い切り振り抜いたとき、乾いた音がきこえたような気がした。みえない白球はまっしぐらにバックスクリーンへ飛び、スコアボードを越え、そして文字通りみえなくなった。

「ええど、やすし!」

「日本一!」

おおきに、いや、どうもどうも。

手を振りながら、十八歳のやすしはのんびりと歩き出す。一塁ベースを踏みしめ、そのまままっすぐとラインにそっていく。

「こら、二塁いかんかい、やすし!」

「野球しらんやろ!」

野次はしかし、親密さにあふれている。アルプス前でやすしは飛び跳ねながら観客に向けて投げキッスをする。

大きく手を振って、十八歳の横山やすしは場外へ姿を消した。次のサイレンが鳴りはじめたとき、ついさきほどまでのスタンドの騒ぎは、嘘のように静かになっていた。

ユリシーズ

ぼくは犬を飼ってる。黒い雑種犬。名前はオデュッセウス。英語で呼ぶとユリシーズ。

ユリシーズはなかなか家に帰ってこない。たまに帰ってもほとんど姿をみせてくれない。

でもユリシーズはかしこい、とってもかしこいから、帰ったしるしを、玄関の前や庭の樫の木の根元に残してくれる（この木はユリシーズのお気に入りだ）。

もともとぼくは、木馬がほしかったんだ。それを、スティーブンおじさんが、おじさんらしい勘違いをした結果、ぼくの誕生日に、かわりに子犬を買ってきたってわけ。かあさんは唾をとばしてわめきちらしたけれど、あとの祭さ。その日からユリシーズはぼくたちの暮らしに磯のカメノテみたいに居座っちまった。

とはいえ、ほぼ一日家にはいない。学校の帰り、遠浅の浜に気持ちよさそうに寝転んでたのを見たおぼえがある。いや、ボロぞうきんだったのかな。遠くからのさざ波がむきだしの腹を洗ってた。遠目に、おちんちんが、真っ青な空につきたってるのがみえた。やっぱりボロぞうきんだったかもしれない。ぼくは、かわいたヒトデを拾って投げつけてみた。空にひらいた花火かまわりつづける天体みたいだった。翌朝樫の木の根元にそのヒトデが、潮水をしたたらせたヒトデが置かれてあったんだ。

「きみのユリシーズをみたよ」

クラスの同級生にいわれる。

「女生徒になでられながらスカートに鼻をつっこんでた」

「土管のなかで三匹の相手とつながってた」

「路地の奥で臓物まみれになってつったってた」

町に何匹ものユリシーズがいるのかもしれない。同時に、いろんなところに、ユリシーズ、オデュッセウスは、あらわれることができるのかもしれない。

ゆうべ、喉がかわいて庭に出た。井戸水の蛇口をひねり、溶かしたての氷みたいな夜の水を、喉を濡らして、ひしゃくでからだに流しこんだ。と、音がした。頭上で。樫の木の枝のはるか上で。じゅわっ、とたばこの火を水につけたみたいな音。流星が成層圏で燃えあがる音。ぼくは顔をあげ、そして見たんだ。ユリシーズが飛んでいくのを。黒い雑種犬、オデュッセウスが、真っ黒な尾を夜にふりたて、古代からの星座みたいに夜空を駆けぬけていくのを、ぼくは見たんだ。

ジュプン

ティルタエンプル寺院で、ドイツ人の夫婦にはさまれ、「聖なる泉」の湧水を撮ろうと右手をのばした瞬間、肘の先になにか当たった。澄みわたった水の底へ、俺のデジカメが、ひらり、ひらり、黒い水鳥みたいに揺れながら落下していくのが見えた。

「ごめんなさい」

ふりむくと、十歳くらいの女の子が、涼しげな顔で立っている。現地の子。桜桃の枝みたいにほっそりした肩。どこからか飛んできた水滴が俺と彼女の上にぱらぱらとかかり、荒らげかけた息が喉もとですっと霧散する。女の子がどうして笑っていられるか、また、なんでこんなに日本語が流ちょうなのか、そんな疑問さえ、このときには浮かばなかった。なんていうか、あらゆることが、それくらい自然に流れたんだ。息をつき、

「ま、いいさ。昨日までのは保存してるし」

若い坊さんが器用に網をつかってカメラを回収してくれる。歩きだすと、真後ろを

ついてきながら「でも、知ってるんでしょ」と女の子はいった。「ほんとうの水は、かんたんにはみえないし、写真に撮れないもんね」

「なんだって？」

こたえず、俺の先にまわりこみ、バリ語だろう、金属音めいた鼻歌をうたいながら、石畳の上、雑踏を縫うように女の子は歩を進めていく。なんだか、透明な手に引かれていくみたいだ。女の子の歩いたあとに、白い花が一輪、また一輪と落ちている。

「ジュプン。フランジパニ、英語だとプルメリア」と彼女。「白い衣しか着けない、少女だけの村があったの。赤い川が氾濫を起こして、水が谷間に、一気に押し寄せた。洪水が去ったあと、真っ赤に染まった村にはひとりの少女も残されていなかった。けれども、衣だけはたおやかに白いまんま、家の軒先に一枚残らず落ちていたの。それが、この花になった、っていう、ね、そんなおはなし」

また水滴が額にかかる。お供えの花々がしずくに濡れている。バリは乾期にはいったばかり。ゆうべは、空と土地とを水の針でつなぐような鋭い夕立が降りしきった。「これなら写真に撮れる！　みあげてみて！」と立ち止まった少女が空を指さす。「ほら、見て！　ほら、噴水！」

陽を受けて輝く、茶色の水柱。観光客にとりまかれ、地面から大空へ、何本もの腕を伸ばして、「噴水」は噴きあがっている。樹齢千年以上、バリでは精霊が住むとされるガジュマルの幹。写真を撮る気など忘れ、目も口も全開にして巨木をみあげる。いつのまにか少女の姿はない。上着のポケットにいれた濡れたデジカメもどこかへ消えている。


ウブドゥの森に建つホテルの早朝。川音が響く。コテージにつづく路地に、例のジュプン、フランジパニが、白子のヤモリみたいに点々と落ちている。

きけば、ホテルのフロント係が首を振って、そんな衣の話はきいたことありませんが、と英語で前置きし「でも、ふしぎな植物です。落花したその場に、花からじかに根をおろし繁茂しはじめます。正直、花なのかなんなのか。おしべもめしべも、どこにあるやらわかりませんし」

ひとつ拾い、路地から階段を通って、谷間の森を一望する「ガゼボ」に入る。ジャングルの上に吊された鳥かごみたいな小部屋だ。手を伸ばせば椰子の実に触れ、前後左右、足の下にもバリの野鳥が飛びかう。正直、この場所にかえってきたいがために俺は、重たいカメラ機材を抱えて、世界じゅう、馬車馬みたいに働いてる。

ガゼボの床に桜桃の枝みたいな肩の女の子を見いだしても、さほど、驚く気は湧いてこなかった。パン屑も木の実もないのに、裏返した貝殻みたいな手のひらに、メジロやツグミ、小ぶりなハトが舞いおり、ちゅくちゅく挨拶のようにさえずっては飛びたつ。

「川音がきこえるでしょう」女の子がいう。「谷間のいちばん下を、プリクサン川が流れているの。悪い王様と戦う神様が、剣をバリの土に突き刺すと、そこからあの、聖なる泉が湧き出した。この川は、その時代からずっと流れてくる、って、そんなおはなし」

「おはなしが好きなんだね」

「好きもきらいもないの。この島は、おはなしと水でできてるんだから」

女の子はそういって、ぐわあ、とゆるんだ下着みたいなあくびをもらす。つい笑うと、首だけ曲げて、むこうを向いてしまう。しばらく黙っているうち、ガゼボのなかの俺たちは、あまたの音にくるまれている。

猿の声。木々の葉ずれ。森が深すぎてみえないプリクサン川の水音。ゆるやかな風が朝霧を運びながら森をゆらす。ひとの声と虫の音。どこかで果物が落ちる。ジュプンがどこかでひそやかにひげ根を伸ばしている。

空気にとけたのか、女の子の姿は消えている。が、耳のそばで、息づかいはきこえる。いたずらっぽい、けれども真剣な声で、女の子は「知っている、鳥のおはなし?」と俺にささやく。「動くもの、目にみえるものは、ぜんぶ鳥だよ。鳥の場所にいってみて。するといつか、それがわかるから」

プリクサンの川音がいっそう高く、谷底から足もとへとわきあがる。目にみえない、ほんとうの水。

鳥の場所。フロント係にきいてみるとすぐに伝わる。ウブドゥの南、バリ・バードパークまで、車で二十分ほど。

周囲のジャングルからそのまま延長されてきた緑。駆けまわるこどもたちの先に、大ぶりなカンムリヅル。我関せぬ顔で、大股に歩いていくクジャク。

目を上げて驚く。顔の高さの止まり木に、紐も鎖もなにもつけず、極彩色のオウムがとまってる。くりくり目のキバタン。赤と緑のつがいのオオハナインコ。クロヒョウみたいなヤシオウム。なんだここは楽園か。こどもも老人も、肩や頭にオオサイチョウやコンゴウインコをとまらせ、うまれたてのなにかみたいに笑ってる。がさがさと揺れた茂みから、モモイロペリカンの隊列があらわれ、沼までの小径を行進していく。

鳥と森と人間が、ここまで混じりあった状況を俺は、はじめて目の当たりにしている。鳥と森と人間が。さらに水が。

俺は思わず自分の腕、胸を見、顔をぱんぱんと叩いてみる。うん、俺はたぶんにまだ「ひと」らしい。アメリカ人らしい爺さんや中国の子どもらが、フクロウや、カンムリヅルのひななんかにみえてくる。ここでも、小径のあちこちに点在する、花だかなんだかわからない植物ジュプンは、キバタンやバリムクドリの卵にしかみえてこない。

あちこちに一眼レフをむけながら、俺は俺のなかに、あの女の子の声を何度もきく。鳥たちはたしかに、喜びや誕生や虚栄心や奇跡や、あらゆる目にみえないものを、ひとの目にみえるかたちに、あらわしたもののようにうつる。それか、バリだからか。「おはなしと水でできている島」。つがいのコンゴウインコが二組、翼をいっぱいに伸ばし、宇宙までつづく紺碧の空を旋回してゆく。

国内でもそうだが、職業の感じがにじみでるのか、ここバリのバードパークでも、やたらと声をかけられ、ポーズを作る家族やカップルに向けてカメラを構え、シャッターを切る。と、ファインダーの端に、正装に近い黄色い巻きスカートの若い女性がうつった。

「どうかしましたか」

さっきから、芝生にしゃがみこんだり、茂みに顔をつっこんだりして、どうみてもなにか大切なものを探している。二十代半ばだろうか、ルリビタキみたいな、可憐な顔を曇らせて娘は、

「祖母の形見なんです。翡翠の指輪です」

なぜあのとき俺にバリ語が通じたのか、いまもってわからない。白いブラウスの襟元からのぞくか細い鎖骨は、桜桃の小枝そっくりだ。

カメラバッグに機材をしまい、俺は園内を縦横にのびる小径を、ウズラみたいに、かがみこんだ姿勢で歩きまわる。散らばったジュプンの花。鳥たちの卵。観光客の足跡に、神様と戦う、極悪な王様を乗せた車の轍(わだち)。森の岸辺で光と影が交錯する。歩きまわる俺のからだに、くるくると、緑の小径がからみつく。俺はだんだんと、水の流れのなかを逆に進んでいる気がしてくる。

水の流れがかわった、その瞬間。頭上に入り組む枝のどこからか(ガジュマルだったかもしれない)、真っ青な小鳥が声をたてずに飛んできて、俺の開いたてのひらにおりる。流れはごく自然だけれど、さすがに驚かずにいられなかった。鳥のくちばしの先に、水からすくいあげたように色をしたたらせた、翡翠の指輪が引っかかっている。鳥はうなずき、俺の手に指輪を落とすと、ツツッ、と笑うように鳴いて飛び去る。

てのひらを軽く握りしめる。目の前にほどけていく小径を歩きだしながら俺は、バリ語だか英語だか日本語だか、鳥のさえずりだかわからない声をあげ、娘の、俺にはまだ知らされていない名前を呼ぶ。

夜のウブドゥ市街。日が暮れてしまうと、歩道はまるで、ひとのシルエットを連ねた森だ。観光客、タクシー運転手、正装の男女が行きかう。歩道のそこここにお供えのための、籠入りの花が散乱している。店の入り口、門、曲がり角、あらゆる境界に、ここバリではお供えの花が置かれる。まるで、家ひとつひとつに伝わる「おはなし」の束のように。

寺院の集会場ももうすでにひとの森で埋まっている。うしろのほうにひとつあいていたパイプ椅子につくと同時に、ステージがまばゆいばかりの輝きを発しだす。夢のような金属音がひとつ、ふたつ。そうして一気に重なり合い、バリ・ガムランの演奏がはじまる。

気がつけば、目にみえるかぎり、あらゆるものが濡れそぼち輝いている。

「川よ」

いつの間にか隣にきてた女の子が囁く。そのとおり、音のせせらぎは勢いを増し、俺たちを頭上からのみこまんばかりにそびえる。が、心配はいらない。川は幾筋も、幾筋もに分かれ、ここに集うひとりひとりにつながる支流となって、それぞれの胸に注ぎこむ。ステージ左にすわった、ベテランらしい太鼓奏者が、右手の奏者に、ほほえみかけながら目配せする。と、風景がかわる。

ガムランがはばたく。川辺で、少女たちが真っ白な衣を洗濯している。金色の水鳥たちが川上から泳ぎよせてきては、つぎつぎと少女達の腕のなかへ飛びこんでいく。

少女たちは鳥とひとつになって川辺から森の上に舞い上がり、水滴とほほえみを撒きちらしながら滑空する。

ガムランは空と土地をつなぐ。突然にふりこめる銀色の雨のように。金色の音の波のなかで、少女は鳥に溶け、聴衆はことばをこえてつながる。毎晩、神様の剣が突き立った地面から、黄金色の噴水があがり、こんこんと聖なる泉が湧きでる。

「わたしたち、こんな『いま』を生きているの。この島で。この世界で」

女の子がふくよかにささやく。ゴングが鳴り響くたび、女の子の半透明のからだが、奥に手前に、帳みたいに揺れる。過去と未来。こちら側とあちら側。それらをすべて包みこむ、ガジュマルのように巨大な「いま」。

祝福と征服。暗殺と誕生。灼熱と洪水。不意に気づく。お供えの花は、境界に置かれていただけではない。花は、境界を溶かし、混ぜ合わせる。寺院と街路。男と女。悪い王様は善い神様の裏返し。動物に花が咲き、植物は這いまわる。目にみえないはずの音は鳥となって集会場を埋めつくす。

「悪い呪術師がいたの」声に出さず、女の子が語りだす。「宮廷からも、寺院からも、音という音を奪ってしまった。音楽のなくなったバリはバリではないから、人間は鳥に、うたってくれるよう頼んだ。その頃鳥はまだ二本足で、人間と同じように服を着て暮らしていたのね」ゴングが鳴る。女の子の声が場内に響きわたる。「いいですよ、鳥はいった。そして高らかにうたいだしたの。うたは次々に卵をうんで、かえったそのうたのひなが、またうたって卵をうんだ。いまのバリのガムランはそうしてできたの。怒った呪術師は鳥から足を奪い、ことばを奪った。神様は小枝を集めて足にし、うたのかけらを集めて、鳥たちのさえずりにした。ガムランをうんだお手柄に対し、この世でいちばん素敵な服を、鳥たちは神様から贈られた。だからあんなにきれいなのよ、バリにいる鳥たちは、って、これは、そんなおはなし」

十日の滞在を終えて日本に帰った。時計。交通。ネットのやりとり。あっという間に俺はこちら側の人間になった。日本の都市には土がないのと同じく空がない。それでやっていけるところが、逆に、人間の凄みだ、という気もする。

ＣＤでガムランの演奏をきいても水音はしない。緑の公園で緑陰をみつけ、カメラバッグを枕に寝転んでみても、白いヤモリみたいな花びらが落ちている、なんてことはない。

寝そべったまま、ポケットに手を入れ、デジカメをとりだす。バリを離れてひと月ほど経った頃、事務所のポストに、宛名のないままむきだしで投函されてあった。

水底に没したというのに、データは無傷だった。滞在中の写真を一枚ずつ眺める。撮った記憶のない写真が、データ総量の半分を占めている。ウブドゥの街路。ホテルの「ガゼボ」。聖なる寺院の沐浴場。バリ・バードパーク。古くからの市場。王宮。サル山。俺がたずねたところばかり。まるで俺のあとをついて、透明なままのからだで、シャッターを切っていったみたいだ。

すべての風景に、鳥が写りこんでいた。半端な数じゃない。市場の壁や王宮の建物を覆い隠さんばかりに、色とりどりのコンゴウインコ、ヨウム、オウム、ミミズクやワシが、極彩色の雲のようにうねり、ウブドゥの街路を埋めつくしていた。目にみえるものはぜんぶ鳥、と女の子はいった。とするとこの鳥たちは、ウブドゥの時間、バリの声、響きつづけているガムランなのかもしれない。このうちの一羽が、聖なる泉にひたされたデジカメを、俺のポストまで運んできてくれたのかもしれない。時間をこえ、海をこえて。


あるとき、男がひとりまたバリに着く。バードパークを歩いていると、コンゴウインコの止まり木の前で、若い女性から声をかけられる。何気なく女性の手を見ると、中指に、翡翠の指輪がはまっている。

男と女性は互いの名を深く知る。バリでともに暮らすようになる。ジュプンが落ち、黄金色の光がさすある朝、ふたりのもとに、あたらしい命がやってくる。娘は母親を見、父親を見、泣き、笑う。ヤモリが壁を這っていく。娘の肩は、母親の鎖骨と同じ、桜桃の小枝にそっくりだ、と、これは、そんなおはなし。

犬

は白に茶色いぶち、二番目に出てきたのは黒犬で、三番目は白に焦げ茶である。三匹の仔犬は横たわった母犬の腹に集まりちゅうちゅうと乳を吸う。真上から、五本の触手のついた目も口もないヘビのような生き物がおりてきて、母犬の頭部を慣れた動作でさわる。母犬も物心ついたときから慣れている。空中に浮かんだヘビのような生き物二匹と、菜園のついたこの庭で遊ぶのが、仔犬のころからの楽しみだった。いまのいちばんの楽しみは三匹がちゅうちゅうと乳を吸うその感触だ。仔犬らは吸い尽くさんばかりの勢いで乳首にすがる。母犬はうつらうつらと、地底深くひそかにたたえられた温泉のみずうみが、自分の腹の底に広がっている、という夢を見る。

ある朝おきると一匹がいない。母親は動くことができない。三匹が二匹に減ってしまった。三日経つとさらに一匹いない。きゅうきゅう胸をかきむしるような声をあげて残った一匹が乳をむさぼる。収穫のすんでしまった庭の菜園にはなにも実っていない。うつらうつらし、ハッと起きると、仔犬はいなくなっている。一匹もいない。母犬はみずうみの底が破れてしまった気がしている。

　夜になり、犬は生け垣の隙間から舗道へ抜け出す。白に茶色いぶちの仔の匂いは、家の裏の駐車場で途絶えてしまった。二番目の黒犬の匂いは、バス停のところでなにもしなくなった。三番目の、白に焦げ茶の匂いは用水路にかかった橋を渡った。単線駅のプラットフォームに座り、鼻を鳴らしていると、やってきた電車の戸が開いて、その中からふわふわと白に焦げ茶の匂いがやってきた。犬は飛び乗る。駅につくたび駆けおり、仔犬の匂いを求めて徘徊する。三日、四日、なにも飲んでいないし食べてもいない。七日目、終点近い駅で、うっすらと残る白と焦げ茶の匂いをかぎとる。よろよろ進んでいくと、匂いは駅に近い、巨大なクリーム色の箱形の前で消える。ガラス戸のむこうに「ペット可・責任をもって飼いましょう!」とあるが犬なので読めない。腹ばいになり、少しうつらうつらとし、こつん、とみずうみの底に石が落ちた感触がして目をあける。ガラス戸の向こうに白に焦げ茶の姿が見える。首に紐がつながれ、その紐の先は、すべすべした五本の触手をもつ、かわいらしい仔ヘビのような生き物にくわえられている。犬は吠えた。ガラス戸に全身からぶつかった。むこうで白に焦げ茶も必死に吠えている。仔ヘビのような二匹の生き物が白に焦げ茶を両側からくわえ、後ろへ駆けだし、そしてなにも見えなくなった。

昔なじみのヘビのような生き物が二匹迎えにくる。犬は何日も庭で横になって過ごす。ヘビのような生き物が段ボール箱を支え、菜園の向こうから近づいてくる。箱をあけると白に焦げ茶の仔犬が飛びだしてくる。二つめをあけると黒犬が、三つめをあけると白に茶色の仔犬が飛びだし、つぎつぎと母犬の乳首にすがりつく。昔なじみのヘビのような生き物が五本の触手で母犬の頭部をさわり、口もないのに、耳のそばで何かささやいている。母親は目を閉じる。花のつぼみがふくれるようなくすぐったさのなかで、腹の底のみずうみが、湯気をあげ、ゆったりと満ちあふれていくのを感じている。

光あれ

ぼくが小学生だった頃、もう大学は卒業していたと思う。ひょっとして、中退だったかもしれない。寮の仲間を守るため罪をかぶった、みたいな話を、母から聞かされた記憶がある。あるいは、知らないうちに寮の誰かに濡れ衣を着せられていた、だったかもしれない。申し訳ないけどこっちのほうが、おじさんらしい、といえばおじさんらしい。

こどもの目からみても、おじさんのペースはまわりから明らかに浮いていた。いいようにとれば、ピュア、おおらか、気のいいのんびり屋。意地悪くとるなら、おまぬけ、世間知らず、取り残されのでくのぼう。

おばあちゃんといっしょに実家に住んで、昼間はデイサービスの助手をつとめ、夕方以降は家庭教師や塾の講師をかけもちしていた。月謝はただ同然。生徒にきょうだいがいればその子の勉強もみるし、ぐずる赤ん坊もあやす。犬だって散歩させる。親が共働きの家だと、材料を買っていってカレーやチャーハンをふるまうこともある。

外で道をきかれでもしたら、自分の用事は忘れ、汗をかきかき周囲に確かめながら、相手と目的地まで連れだっていく。スーパーのレジでは、あとから来るひと来るひとに順番を譲り、青ねぎひと束買って帰るのに二時間かかったりもする。

おばあちゃんの家でスイカをほおばりながら、

「おじさんはさ、なりたいものとか、夢はないの」

きいてみたことがある。

「そうだなあ」

その頃たぶん二十三、四歳。おじさんはスイカの種をてのひらに受け、

「いま、元気に暮らせてるから、それだけでもう、じゅうぶんかな」

「若いのに、向上心ってものが欠如してるよね」

ぼくがいうと、顔の前の空間で指を動かし、

「もうこんな漢字知ってるんだ。本、よく読んでるんだね」

なんてひとりで感心している（本なんかじゃない。YouTubeの字幕でおぼえた）。

本といえば、おじさんが唯一たいせつにしていたものがある。死んだおじいちゃんの本棚に残ってた、ぼろぼろの聖書だ。

とても大判の、黒い革装の聖書だった。畳に正座して、しょっちゅう開いてた。ジッパーのこわれたナップザックにそおっと入れて、仕事場や公園へ持っていってたの

も知ってる。

うんうん、うなずきながらめくったり、じっとページを見つめたまま、口をむすんで考えこんでいたり。よほどわからないところがあると、駅向こうの教会まで意味をききにいった。立派な装幀を牧師さんにほめられた、って、えらく喜んでたことをおぼえてる。大正時代の聖書は、何千回めくってもこわれないよう、この上なくがんじょうに作ってあるんだそうだ、って。

革はひび割れ、背表紙ははがれ、ぼろぼろだったけれど。

おじさんの、たまにしてくれる聖書の話が、ぼくはわりあい気に入っていた。どちらかといえば、キリストが出てくる前の、旧約のエピソードが破天荒で好きだった。

「ねえ、おじさん、あの本さ」

週に二度、うちに来て勉強をみてくれることになっていた。ちゃぶ台には問題集が雑多に積みかさなっていた。聖書について、どんなことでも適当な話題をふれば、つるかめ算やめしべの構造なんかから、二、三十分の間は解放された。

「ひどいよね、神様って。信心深いひとが、羊も子どもも殺されて、皮膚病で死にかけても、なんにもしないで、ただ見てるだけだなんて」

「ヨブ記だね」

とおじさん、苦笑をもらし、

「なんにもしない、ってのは、どうだかなあ」

「その上、急にあらわれて、逆ギレだもんね。おじさん読んでくれたじゃない、あの、ワニ自慢のところ」

「ワニ、じまん！」

ほとんど上機嫌といっていいくらいのおじさんは、

「なんじ、針をもてワニを釣りいだすことを得んや、その舌を糸にひきかくることを得んや、なんじ、葦の縄をその鼻に通し、また針をその顎に衝きとおし得んや……」

さえぎらずにおいたら、何行でも何十行でもえんえんと暗誦がつづく。

「ヨブ記」はこんな話だ。あるところにヨブっていうとても信仰心の厚いお金持ちがいる。神様エホバが、小悪魔サタンに、「ヨブを見てみろ。あんなに完璧で正しくて神を敬い悪を退けるものはほかにいないぞ」と誇らしげにいう。サタンは「人間ってのは、わが身に災難がふりかかったら、一瞬で神様を呪いますよ。試してみますか？」という。神様は「いいよ」という、「ただし、命まではとるなよ」。

ヨブは全財産を失い、子どもは皆殺しにされ、全身が皮膚病でぼろぼろになる。友だちが三人訪ねてきて、ヨブにいろいろとアドバイスをくれる。ヨブは「わたしの生まれた日よ、呪われろ」という。よく知らないエリフというひとが来て「ヨブがまちがってる」と告げる。つづいて神様があらわれ、「お前は神様のつもりか」とヨブを叱る（このとき神様が自分の創造したワニの自慢をする）。ヨブは「すみませんでした」とひら謝りし、神様から倍の財産（ひつじ一万四千匹らくだ六千匹、などなど）をもらう。十人の子どもに恵まれ、百四十歳まで生きる。

「さっぱりわからないよ」

とぼく。おじさんはただ笑っている。

「神様はなにがしたいのさ。とちゅうからサタンはどこへいっちゃったの」

「神様は、神様だからね」

ナップザックごしに、大きな聖書をやわらに叩いて、

「そうそう簡単に、人間の都合に合わせてはくれないよ」

ぼくは少し驚き、

「神様って、人間を助けてくれるもんじゃないの」

「なんていうかな」

おじさんは天井をむいて少し考え、

「昼と夜をつくったり、土地と海をつくったり、動物や木をつくったり、すごく忙しいんだよ、神様って。人間がどうのこうのいえる存在じゃない。ぼくたちはぼくたちで精一杯はげまなくっちゃ。『なんじ腰ひきからげて丈夫のごとくせよ』」

「へんなの」

ぼくたちはめしべの構造に戻った。つるかめ算はルールさえ頭にはいれば積み木を片づけるみたいにかんたんだった。次は旅人算に挑戦することになった。

中学で吹奏楽部にはいった。コンクールや演奏会があると、客席のすみにときどきおじさんらしいひとの影がみえた。家庭教師先で英文法を教えおわったあと、迷子の猫をさがしていたさなかに、おばあちゃんが家の物干し台から道路へ落ちた。母はなにもいわなかったが、ふだんつきあいの薄い親類は、お通夜の席で誰もおじさんに話しかけなかった。おじさんはパイプ椅子の列からじっとおばあちゃんの写真を見あげていた。

中三の夏、実家が取り壊され、おじさんはぼくたちの住む家へ移ってきた。その頃は染色工場で営業職についていた。まだ誰も起きていない早朝に家を出、みなが寝静まったころ、そっと玄関の戸をあけてはいってくる。

ぼくは母の提案で、私鉄でふた駅むこうにできた受験塾にかよっていた。あとで、おじさんが母に薦めた、って知った。塾講師時代の知り合いに尋ねまわって調べたらしい。理数系に特化したモデル高に合格した夜に、母からそうと教えられた。

高校では陸上部にはいった。自分でも意外だったけれど、長距離走に適正がある、とコーチや先輩からいわれた。たしかに、長い距離を走っているあいだ、自分がふっと別のどこかにつながってる感じがたまにあって、そんなとき、あとからコーチの示すストップウォッチをみると、きまって自己ベストが更新されていた。

一年の三学期の期末テストをうけている頃、染色工場での昼休み中、おじさんは倒れこんできたステンレスのタンクの下敷きになった。ちょうど真下に立っていた経理部のおばさんを突き飛ばしてのことだったそうだ。重量はさほどではなかったものの（おじさんは頑健だった）、倒れたはずみにタンクのハッチがひらき、はいつくばったおじさんの頭と肩に、塗料を混ぜる触媒の液がまともにかかった。

外まわりができなくなって、デイサービスの現場に舞いもどったおじさんは、どういうわけか以前にくらべ、訪問先のひとびとから、いっそうの歓待をうけるようになった。仕事帰りにはいつも、手作りの和菓子や手芸品、異様に達筆な手紙なんかを携えてくる。朝夕いつであろうがお呼びがかかるため、工場勤めのころより家で顔を合わさない。

ある朝台所へおりていくと、珍しくテーブルについて、棚の上のラジオに聴きいるおじさんがいた。迎えにいくはずのおばあさんが、月に一度の句会とダブルブッキングしたらしい。

むかしの流行り歌にハミングを合わせながら、

「ひさかたぶりの、ぜいたくな休暇ってわけだよ」

と、おじさんはいった。

マグカップを手にとり、

「いまから、聖書？」

なにこころなくぼくは訊ねた。

「ああ、聖書か」

おじさんはラジオを見やったままいった。

「サービスセンターのおじいさんにあげたよ」

「あげた？」

ぼくはカップを取り落としそうになった。

「あんなに大事に読んでたのに！」

「おとし亡くなったおにいさんが神父さんでね、ちょうどおんなじような本を持ってたんだって」

こちらをむいておじさんは、頬に深い笑みを浮かべ、

「ああいうものは、持っているべきひとが持ってるもんだ。それに、聖書の文言なら、ほとんど一字一句、ぼくのなかにはいってる」

同じ年の秋、道端で、紙っぺら一枚にぎりしめて立ちつくしていた若い女の人に、スクーターを停めたおじさんが声をかけた。持っていた紙っぺらは国内滞留許可書で、保証人欄が空白のままだった。おじさんは顔色ひとつ変えず、自分の住所、氏名をボ

ールペンで書きこむと、スクーターのエンジンをかけて走り去った。

その週の土曜、書類の住所をたよりに、女の人が訪ねてきた。おじさんは仕事で留守だった。玄関に出た母にむかって、わたし、リンです、舌足らずな日本語でいうと、思いっきり頭をさげ、デパートの紙袋を献上品のようにさしだした。中には柿や梨、房からちぎれたぶどうなんかがバラバラにはいっていた。母はリンさんを居間にあげた。夕方、おじさんが帰ってくるころには、ふたりは久しぶりに会った親戚同士みたいにうちとけ合っていた。

「ピンときたのよね」

と母はその夜、ぼくにむかって得意げに笑い、

「このひとはきっと、弟にとって、幸福の白い鳩になってくれるって」

リンさんは中国の蘇州から来た。背はおじさんのみぞおちくらい。左右の肩に三つ編みを垂らし、だいたいいつも、はにかんだように笑っている。おじさんに紹介されたとき、母のいっていたことがなんとなく腑に落ちた。おじさんの顔が、夏の陽ざしをいっぱいにあびたブナの樹冠みたいに、さやさやと輝いていたからだ。

リンさんには、日本へ来てすぐにうまれた子どもがいた。七歳になるフアちゃんを、リンさんはたったひとりで育ててきたのだ。知りあった翌年の春、おじさんはリンさんとフアちゃんを家に連れてきた。あんなに照れまくったおじさんの笑顔を、ぼくは

金輪際みたことがない。

「はじめまして、フア・スーシュンです」

フアちゃんはぺこりとお辞儀し、もっていた白杖を、流れるような手つきで靴箱の横に立てかけた。うまれたときから全盲だなんて信じられない身のこなしだった。居間のソファに腰かけ、母がしぼったオレンジジュースをひと口するや、

「うわあ、おひさまの味がするよ!」

フアちゃんはラッパみたいにいった。

それからはもう独壇場だった。小学校で教わった新作のダジャレ。好きな猫とそうでもない猫のてざわりのちがい。通学路でいちばん好きなにおい(「おうどん屋さんの裏口からだしの湯気があがるの!」)。最高にきもちいい雨音のひびき、これまで一度だけ食べた「うなじゅう」の、いつまでも忘れないあの味!

寄せ鍋をつついているあいだじゅう、残りの全員がフアちゃんの話に驚き、笑い、しみじみと息をついた。自分たちはいま、なにか大切な時間を過ごさせてもらっている、そんな満ち足りた空気につつまれながら。

ふたりを駅まで送り届け、帰ってきたおじさんに、

「おじさん、ずるいよ」

ぼくはテーブルを拭きふき声をかけた。

「あんな子、ほかにいないよ」

「そうだろう。特別な子だ、ファちゃんは」

おじさんはうなずいた。

「そして、ファちゃんをあんな風に育てたのが、ほかでもない、リンさんなんだ」

ゴールデンウィーク、みなでおじさんを説得し、三連休をとってもらって春の南アルプスを登りにいった。ファちゃんはリンさんと手をつなぎ、おじさんと手をつなぎ、母と、ぼくとも手をつないだ。山道で揺れる野花を見るたびにリンさんはしゃがみこみ、一輪いちりん、その花の名を中国語でなんと呼ぶのか教えてくれた。ファちゃんの名前も中国語で「花」と書く。ファちゃん、は「小花」。シャオファ、と読む。

山荘ではご主人が炭火をおこし、ぼくたちは囲炉裏をかこんだ。春の山菜、あゆ、そして最後に、ふもとの湖でとれたばかりのうなぎが出た。たれをつけ、炭火の上の網に置かれた瞬間、うなぎの身から濃厚な香りと、魂みたいな煙がもくもくとたった。目の前のそれがなにか、ファちゃんにも一瞬でわかったようだった。こうこうと燃えあがる炎に頬を照り輝かせながら、

「うなぎさん」

目をとじ、手を合わせた。

「ありがとう。わたし、うなぎさんのことを、生きているあいだぜったい忘れないね。

だから、安心してね。おいしく食べるね」

同じ年の夏、おじさんとリンさんは婚姻届を出した。うちから十分くらい歩いた川沿いのマンションに、ファちゃんと三人で住み暮らすようになった。週に一度、三人はそれぞれ歌声を合わせながらうちへやってきた。ぼくの部屋でゲームを遊び、居間で音楽を聴いたあと、母さんとリンさんの手料理をテーブルにならべた。笑いが絶えることはなかった。その中心にはいつもファちゃんがいた。幸福の鳩と幸福の小鳩がともに、うちに舞いおりてきてくれたのだ。

十一月。受験生向けの特別講義に疲れ果て、コンビニで甘ったるいカフェラテを飲んでからうちに帰ると、灯りをつけない台所に母が座っていた。てのひらで目のあたりを覆いかくしたまま、母は、ぞっとするくらい感情の消えた声で、

「シャオファが」

といった。

「救急車だって」

原因はわからない、と担当の医師はいった。ぼくは母を引っぱって市立病院に駆けつけた。さまざまなものを、うまれつき、うちに抱えもっている子です、と、銀縁のめがねごしにカルテを見つめ、その内科医はいった。うまれてすぐリンさんはこの病院を訪ね、目に耳、心臓や内臓等々、ファちゃんの内診を委ねてきた。

うちなるそのなにかの一部が、ファちゃんのいのちをいま焼き尽くそうとしている。脳炎と肺炎を併発し、呼吸はもはや浅く、むろん意識は途絶え、消えかからんばかりの昏睡状態にある。

看護師たちも懸命だった。カンフル液の袋や医療機器を携え、春のミツバチみたいに治療室を出入りした。それぞれにとってファちゃんがどんな存在だったか、廊下で見ていてよくわかった。

リンさんは化粧の剝がれ落ちた顔で、きっとよくなります、あの子はだいじょうぶ、と壁にむかって繰りかえした。小学校の先生が百十二羽の折り鶴をもって見舞いにきた。ぼくと母は治療室前の長いすでじっと黙っていた。いつなにが起きるか知れない。おじさんはいったいどうしたのだろう。リンさんに訊ねても首を振るばかりだ。ぼくと母が着いたときには廊下のすみをいったりきたりしていた。デイサービスのシフトにでかけたなんてことはないはずと信じたい。

母の肩を軽く叩いてから、廊下の端まで歩いた。右に曲がった、非常階段の裏の鉄扉がほんのわずか開いていた。外に出てみると、ささやかな花壇をしつらえた裏庭に出た。秋の草花がひらく花壇の中央、陽に照らされた黒土の上に、黒い革表紙の、あの、ぼろぼろの聖書が落ちていた。ひとにあげたっていっていたのに。ぼくは歩みより、聖書を拾いあげようと手をのばした。そうして立ちつくした。本にみえたそれは、土にうずくまり全身をかたく丸めたおじさんの背中だった。黒いセーターは毛玉だらけだった。おじさんは花壇に伏せたまま、羽虫のような小声で、ぼくにはききとれない文言を、手の届かない誰かにむかって懸命につぶやいていた。

夕暮れ、ぼくたちは医師に呼ばれ、治療室にはいった。今晩が山です、いまのうち、みなさんにはこの子に会っておいていただこうと思って、医師はそう、かすれきった声でいった。

フアちゃんの肌は黄色みを帯びていた。何本ものチューブがつなげられたその小さなからだが、これまでに動いた気配も、これから動く予兆も、いっさい感じられなかった。ベッドぎわに立つリンさんの目はなにも見ていなかった。土にまみれたおじさんはリンさんの手をすがるように握っていた。母はくちびるを嚙みしめ、ぼくはただフアちゃんの顔を、まばたきひとつせずに見つめた。

風が吹きこんできた。治療室は一階にあった。誰が窓なんてあけたんだ。ガラス窓に向きなおろうとしたとき、その声がきこえた。耳に、というより、ぼくの頭にじかにひびいた。ふしぎと、驚きはなかった。みなの耳にもきこえたんだと思う。そして、誰も驚いてはいなかった。頭にひびくその声を、当たり前のように、寄せてくる風や、ゆっくりとさしこむ朝日のように、ごく自然に受けいれた。

光あれ

と、その声はいった。

光あれ

夕陽のさしこむ治療室で、ベッドを取り囲むみなの耳に、しずかな声がひびいた。ファちゃんの目がひらいた。全員が同時に息をのむのがわかった。ファちゃんは枕の上であごを引き、準備運動のように黒い瞳をくるくるまわすと、

「おかあさん、おとうさん、おばさん、おにいちゃんの顔」

朝の鐘のような声でいった。

「みんなそっくりなんだね。ずうっと、そんな気はしてたんだ。みんな、きらきら光ってる」

解説

松永美穂

いしいしんじの本をひとたび開けば、パッと不思議な光景が広がる。まるでびっくり箱のようだ。特に短編となると、のっけから信じられないようなことが次々に起こったりする。「なぜ? どうして?」と説明を求めるのは野暮というもの。読者はもう、いしいワールドに取り込まれ、アトラクションに参加してしまっている。あとは目を見開き、五感を研ぎ澄まし、言葉を追っていくのみ。そうするといつのまにか見たことのない場所に立っていて、そこにまばゆい光が差してくる……。

「あーおもしろかった」で終わるわけではない。作品には過去の記憶や、人生の秘密、森羅万象からのメッセージまで、いろいろなものが詰まっている。読んであっけにとられる場合もあるが、読後の余韻をいつまでも抱きしめていたいもの、死ぬまでに何度も読み直したいものもたくさんあって、いずれにしても「ふうっ」と大きく息をつかずにはいられない。言葉だけを使ってここまでのことができるのか、と驚きの連続。

作者の無尽蔵の想像力と創造力がマッチして、たとえば本書『マリアさま』も、イメージとお話の楽園みたいになっているのだ。

『マリアさま』と題されているが、マリアさまは一度も出てこない。でもそこかしこに、マリアさま的な、スピリチュアルなものが遍在している雰囲気はある。本書の短編は、動物が活躍する話、実在の（もしくは非在の）人物が出てくる奇想天外な話、リアルでしみじみとしていて、人への追憶や思いやりに満ちた話（そのような話にはしばしば祖父母が登場するのもひとつの特徴だ）、などに大別できるだろう。動物の話としては、まず冒頭から、牛乳屋の婆さんに飼われている犬が語り手の「犬のたましい」。犬好きな作者らしく、犬の短編はほかにも「ユリシーズ」や「犬」など。さらには虎が出てきて銀座を闊歩する「虎天国」もあるし、すっぽんの「五郎」が体を張ってくれたおかげで語り手の妹が元気になる「すっぽんレゲエ」や、庄屋の三男坊との結婚を拒んだ娘を馬が迎えに来る「野生の馬」もある。銀座の虎は非日常で孤高の存在に見えるが、それ以外の作品には言葉を解する動物も出てきて、人間と動物の近さが印象的だ。

実在の人名が出てくる奇想天外な話としては、作家の朝吹真理子が京都の町を盤に見立ててチェスをする話「チェス」（特撮映画にできそう）や、元京大総長で類人猿研究者の山極壽一がアフリカの森で遭遇する相手と相撲をとり、しまいには火山にまで勝負を申し込む、スケールの大きな「スモウ」、いしいしんじが京都百万遍の交差点に立ちながらさまざまなヴィジョンに襲われる「黄」、野球が大好きだったことで知られる正岡子規と東京ドームにプロ野球を観に行く「子規と東京ドームに行った話」など。今回、文庫化にあたって、さらに「やすしと甲子園に行った話」が追加された。「やすし」とはいまは亡き漫才師の横山やすし、本名木村雄二。野球に熱狂する子規に較べ、やすし（しかもここでは十八歳の木村雄二少年）は暴言を吐きまくるが、それがいかにもやすしっぽい。彼の傍若無人ぶりとスター性全開の、架空体験記である。

いしいしんじには『その場小説』という短編集もあり、全国津々浦々、多種多彩なシチュエーションのもと、その場で書いた小説が収められている。集中するとイメージが次々に湧いてきて、あらゆることが書けてしまうタイプなのだろうか、と羨ましくなる。サービス精神も旺盛な人なのだろう。書けば書くほど、何でもありの世界が拡がって、唯一無二のものが生まれていく。『マリアさま』にも、『その場小説』の延長にあるような作品がいくつも含まれている。

しかし著者は、天才肌で何でも書けてしまう器用な人、というだけではない。たとえば『いしいしんじの本』という、書評やエッセイを集めた本の冒頭には、一九九九年に心身のバランスを崩して大阪の実家に戻ることになったときのことが書かれている。（このエピソードは、『そのように見えた』という本にも書かれている。）実家の袋棚から出てきた、幼いころの自分が書いた「たいふう」という話を三十年ぶりに読んだことが、再起のきっかけになったという。著者は幼い自分の作品の「切実さ、まよいのなさ、唯一性、『ほんとう』」に打たれる。そしてその後、作家として次々と名作を発表していく。

『マリアさま』に収められている短編にも、「切実さ」を感じるものは少なくない。「とってください」では、亡くなった祖父について孫娘がスピーチするという形式で、九十一歳まで生きた男性の一生が語られるが、起きたばかりの東日本大震災にまつわる話もそこに入りこんでくる。「自然と、きこえてくる音」という作品では、何らかの深刻な体験をした孫娘が関西にいる祖父を訪ね、祖父が運転する車で琵琶湖方面にドライブする。録音技師の祖父はかっこよくて思いやりに溢れていて、こんなふうに年をとれたらすてきだな、と思える人物だ。祖父が孫娘に言うひと言には、何度読んでも心をぎゅっとつかまれる。「しんどいときに、よう思いだしてきてくれたな、おおきにな」。何があったのか根掘り葉掘り訊くのではなく、静かに、一緒に、時間を過ごす。究極の優しさのように思えた。

優しい話といえば、これも文庫化で加わった書き下ろしの「光あれ」がすばらしい。世渡りは下手なのかもしれないが、物欲に囚われず他者に尽くして生きている一人の男性に与えられた、家族の姿。ここには聖書の話や祈りの場面も出てきて、結末はいろいろな解釈が可能だが、まさに奇跡のような話だ。「光あれ」とは、創世記冒頭で神が世界を創造し、昼と夜を創るときに言った言葉。神は言葉だけでいろいろなものを生みだしていくのだが、小説家の営みもこれと通じるところがある、とあらためて感じずにはいられない。

本書の作品のなかで一番度肝を抜かれた「窓」という作品について、最後に書いておこう。登場するのは動物でも人間でもない。郊外に向かう急行列車の車内で、なんと「短編小説」が語り手の隣の席に座る。短編の評価は読む人次第、読まれ方によっていくらでも変わってくる、という「短編小説」の主張は示唆に富む。小説を読む人は「その瞬間の自分を」「別の目を通して」読む。そのような小さな「窓」が小説だ、というのだ。「受容理論」、という言葉に置き換えてしまうと無味乾燥な感じがするが、よりによって読まれる客体である「短編小説」自身の口からそのような説明が出てくるところが非常におもしろい。

『マリアさま』のなかの多様な作品に笑ったり涙ぐんだりしながら、ひとときを過ごした。よかったなあ、読めて。お腹のなかから、そんな声が聞こえた気がした。

（まつなが・みほ　ドイツ文学者）

本書は、二〇一九年九月に、リトルモアから刊行されたものです。文庫化にあたり、「やすしと甲子園に行った話」を加え、「光あれ」を書き下ろしました。

初出一覧

犬のたましい　「リトルモア」Vol.25 Summer（二〇〇三年七月）

とってください　「真夜中」No.14 Early Autumn（二〇一一年七月）「テニス」改題

土　フレッドペリーアプリ（二〇一一年九月）

せせらぎ　「花椿」二〇一三年四・五月合併号

自然と、きこえてくる音　メルセデス・ベンツ日本　ウェブマガジン「mb! by Mercedes-Benz」（二〇一四年四月）

虎天国　「読売新聞」二〇〇六年一二月九日付夕刊

ウミのウマ　メルセデス・ベンツ日本　ウェブマガジン「mb! by Mercedes-Benz」（二〇一四年一一月）「バックミラーにぶらさがるウミウシ」改題

煙をくゆらせる男　「朝日新聞」関西版二〇〇六年八月二四日付夕刊

私の心臓　「朝日新聞」関西版二〇〇六年八月三一日付夕刊「体の部位を買いそろえる男」改題

クンさん　「朝日新聞」関西版二〇〇六年九月七日付夕刊「大きな声で叫んでいる男」改題

園子　「朝日新聞」関西版二〇〇六年九月一四日付夕刊「手書きの字が浮かび上がる女」改題

すっぽんレゲエ　ツバクロすっぽん食堂にて配布（二〇一六年六月）

氷の国　「飛ぶ教室」第二六号（二〇一一年七月）

森のドレス　京都服飾文化研究財団広報誌「服をめぐる　衣服の研究現場より」第四号（二〇一六年七月）

窓　スティーブン・ギル「Day Return」のために「IMA」二〇一三年 Spring Issue/Vol.3

黄　「新潮」第一一〇巻第九号（二〇一三年九月号）

スモウ　「新潮」第一一〇巻第九号（二〇一三年九月号）

チェス　「新潮」第一一〇巻第九号（二〇一三年九月号）

野生の馬　「東京新聞」二〇〇七年二月一四日付夕刊

オリーブの木　「東京新聞」二〇〇八年七月二六日付夕刊「アケミの舌」改題

エヘン窟　「西の旅」vol.14 Summer（二〇〇七年七月）「船」改題

船　「飛ぶ教室」第五五号（二〇一八年一〇月）「船のうた」改題

おとうさん　「飛ぶ教室」第四九号（二〇一七年四月）

子規と東京ドームに行った話　「野球小僧」No.5（二〇〇〇年八月）

やすしと甲子園に行った話　「野球小僧」No.12（二〇〇二年八月）

ユリシーズ　レオナルド・ペレガッタ個展「ユリシーズ　オープン・ユア・アイズ・ナウ」のために（二〇一六年一月 kanzan gallery）

ジュプン　「TRANSIT」三七号（二〇一七年九月）「指輪」改題

犬　「すばる」二〇一一年一月号

光あれ　書き下ろし

ちくま文庫

マリアさま

二〇二四年四月十日　第一刷発行

著　者　いしいしんじ

発行者　喜入冬子

発行所　株式会社　筑摩書房
東京都台東区蔵前二―五―三　〒一一一―八七五五
電話番号　〇三―五六八七―二六〇一（代表）

装幀者　安野光雅

印刷所　中央精版印刷株式会社

製本所　中央精版印刷株式会社

ISBN978-4-480-43946-8　C0193